鎌倉だから、おいしい。

甘糟りり子

集英社

鎌倉だから、おいしい。

はじめに

この本を手にとってくださって、ありがとう。

でも、もし、あなたが
鎌倉の飲食店のガイドブックを探しているのなら、
ごめんなさい。

これは、そういう本ではありません。

ランチの値段も定休日も書いてない。
料理人の経歴も書いてあったりなかったり。
では、本を一冊使って何が書いてあるのか。
いい店ってどんなところか？ってことです。
おいしいだけが店の個性ではないし、
新しいだけが価値でもないし、
予約が取れないからっていい店とも限らない。

じゃあ、どういう店がいい店なんだろう。

あちこち食べ歩いた私なりの答えを、
三歳から住んでいる鎌倉という街を使って探してみました。

contents

SPRING 春

夏 SUMMER

AUTUMN 秋

WINTER 冬

序

お屋敷街に佇む未来の老舗

「イチリンハナレ」のある扇ヶ谷(おうぎがやつ)は北鎌倉と並ぶ静かなお屋敷街だ。店はひっそりとしたなだらかな坂道の中腹に建つ瀟洒な日本家屋。暖簾の横の灯りに店名が小さく入っているだけなので、はじめて行く時は見逃してしまうかもしれない。

離れとは、母屋から離れて建てられた座敷を意味する。イチリンハナレの母屋は鎌倉から遠く離れた築地にある「東京チャイニーズ 一凜」だ。

広々とした玄関で靴を脱ぎ、手入れの行き届いた廊下を通って、メイン・ダイニングに入ると全長10メートルはあろうかという幅広いカウンターが目に入る。重量感のある現代的な個性が華奢な日本建築と溶け合っているけれど、どうやってこの大きなカウンターを日本家屋に搬入したのだろうか。答えは運んできたのではなく、部屋の中に材木で枠組みを作り、そこにコンクリートを流し込み、三ヶ月かけて作ったとのこと。一見したところ大理石かと思うが、コンクリートに石を混ぜ、人研ぎという技法で磨かれたもの。昔のモダン建築でよく使われた技法である。今ではこれができる左官職人も少ないそうだ。

メイン・ダイニングの場所は三部屋をぶち抜いた。別々の部屋だった空間が大きなグレーのカウンターで一つにまとまっている。

かつて、この日本家屋はフランスの外交官夫妻の所有だった。フランス人の外交官が七十歳で日本人女性と再婚して、ここに暮らしていたそうで、九十五歳で亡くなられた後は、奥方が一人で住んでいた。その女性も亡くなり、お手伝いさんに相続された。お手伝いさんは近所に自分の家がありそこで生活をしながら、ずっと夫婦が住んでいた時のように掃除をし、手入れをしていた。高齢になったので手放すことになり、イチリンハナレの経営元が買った。

鎌倉には日本家屋を改装してカフェやレストランにしている店は多い。個性はそれぞれだが、こんなに現代的な仕上がりが成功している空間は他にない。

座敷だった他の部屋にはテーブルが置かれ、個室として使われている。大人数で貸し切ったこともあるが、最初にイチリンハナレを訪れる友人には必ずカウンターを体験するようにすすめている。このカウンターこそ、店の象徴だと思うから。

看板メニューは「よだれ鶏」。中国のさる文豪が「思い出すだけでよだれが出る」と書いたことからこの名がついたメニューは、茹でた鶏肉をスライスして、調味料や薬味を混ぜたたれをかけたもの。イチリンハナレでは丹波高坂の地鶏を使い、たれにはラー油二種、黒酢、醤油に中国の醤油、生姜やにんにくなど五十種類もの調味料を使っている。料理長の齋藤宏文さんによれば、味が決まるまで半年かかったそう。切り身の上には小さく切ったレバーが乗せられている。

よだれ鶏は最近よく見かけるメニューだが、ここのはおもしろい仕掛けがある。鶏肉の皿を供される際、たれは残しておくようにいわれる。鶏肉を食べ終わると、そのたれにつけて食べる餃子が運ばれてくるのだ。餃子が終わると、今度は山椒を練りこ

んだ麺を放り込まれる。せっかくのたれを鶏だけではもったいないと、このスタイルを思いついたという。味のグラデーションがおもしろい。確かに、こうして書いているだけでよだれが出そうだ。

特筆すべきは「フカヒレ」。ここのは「焼き」なのである。薄くて大きな一枚のフカヒレを焦げ目がつくほどパリッと焼いてある。フカヒレがこんなに香ばしいものだったとは知らなかった。残ったソースにはリゾットを入れて、完結となる。こんなふうに、たれやソースをフル活用するのが「齋藤流」だ。

開業当初から通っているが、名物メニューが次々と出てきて追いかけるのも忙しい。写真映えするシャトーブリアンの黒酢カツサンドや、冬だけの白子の麻婆豆腐などなど。

ワインや日本酒も揃うけれど、紹興酒の飲み比べもオススメだ。短い試験管のようなグラスで少しずつ、産地も香りも違ういろいろなタイプの紹興酒が供される。白ワインのようだったり、牛乳のようだったり、焦げた味わいだったり。色も澄んだものから醬油のようなものまである。今までの紹興酒のイメージがくつがえった。

イチリンハナレのオープンからおよそ二年後、有楽町に姉妹店「テクストゥーラ」

がオープンした。こちらは中華とスペインが交互に供されるコースで、コースの序盤によだれ鶏がある。テクストゥーラでは「よだれ鶏の三段活用」というメニューで、件(くだん)のたれで餃子、麺を味わった後、豆乳を注いでスープにする。豆乳のスープはイチリンハナレにはない「活用」である。

テクストゥーラはイチリンハナレとは真逆の、モダンな内装の店内にダンサブルな音楽が流れる都会的ではなやかな空間だ。よだれ鶏もたれも同じ味なのに、どこか違う印象を受ける。どちらがおいしいとかではなく、別のもののように感じるから不思議だ。

鎌倉も駅から歩いて十五分ほどのひっそりした住宅街。初めて行った時は生意気にこの立地がどう出るかなあなんて思ったけれど、行く人たちはみんなこのロケーションを含めてイチリンハナレを楽しんでいるようだ。ロケーション、ネーミング、インテリア、そして料理の斬新さのバランスがこの店の魅力である。

ブックデザイン／アルビレオ
イラストレーション／阿部伸二
校正／鷗来堂

SPRING

—

春

時間がアクセサリーとなる
洗いをかけたシルクのような空間

先日、友人夫婦が鎌倉の我が家に遊びに来た。西麻布の「レフェルヴェソンス」や「サイタブリア」などを経営する石田聡さんと弘子さんだ。家に来る前にランチをしようということになった。相手は飲食のプロである。どこに連れて行こうか、あれやこれやと頭を悩ませた。こういう悩みは楽しい。

東京からの友人には、なるべく私の理想とする「鎌倉」を味わってもらいたい。落ち着いているけれど風通しが良く、押し付けがましくない個性がきちんとあって、非日常ではなく暮らしに溶け込んでいる、大切な友人はそういう空間に連れていきたい。

そこで、由比ヶ浜通りの「オルトレヴィーノ」を選んだ。

ここはイタリアンのエノガストロノミアという形態である。エノはエノテカのこと。ここではワインだけではなく、チーズやオリーブオイルなどの食材、惣菜などが買えて、奥はイートインのスペースになっている。原稿が立て込む時期に惣菜やパスタソースをまとめ買いしたり、中途半端な時間に一人でランチを取ったり（この店にはアイドルタイムがない）、お世話になった方への差し入れを贈ったり、さまざまな使い方をしている。こんなふうに書くと何やらにぎやかすぎる店を想像されるかもしれないが、ここには私が鎌倉らしいと感じるゆるやかな時間が流れている。

その日の朝に打つという生パスタもここの売り。いろんな形のパスタを見ると、自ずとテンションが上がる。なんだけれど、私の大好きなカラスミを選ぶとパスタは乾麺となる。いつも、自分の中で生パスタとカラスミが戦い、最後はカラスミが勝ってしまうことが多い。この日も、弘子さんに、「ここに来たら、絶対生パスタがオススメ」とかなんとかいいながらも、自分はカラスミを注文した。

ソースのクリーミィさ加減が独特なのだ。クリーミィなのに軽やかといったらいいだろうか。熱を加えずにカラスミとオリーブオイルだけを和えているそう。マヨネーズを作る要領とのこと。だから、パスタによく絡む。さらに上からカラスミを削ってダブル・カラスミだ。

軽くランチのつもりが、ワインの酔いも手伝って話も弾み、すっかりくつろいだ。

「近所にこういうお店があっていいなあ。私なら、週に何度も来ちゃうかも」

弘子さんがいった。

友人をここに案内すると半ば強制的に注文させるのは、ローズマリーのブリュレ。私は甘いものはあまり食べないし、それほどハーブ好きでもない（むしろなんでもかんでもハーブというのは苦手）。でも、これにはハマった。わざとらしくなく、ハーブが主役であるべきデザートである。

この店には年に何度か不定期で山口県の農家から無角牛が届く。このレバー・ステーキは自分史上、最高のレバー。いや、人生で食べた「牛」の中で一番おいしかった。フレッシュでみずみずしくて、まるで果実のようなのだ。可能な限りレアで出してもらう。生で食べたいというのが本心だけれど。塩と胡椒をほんの少しだけつけて味わう。無角牛が届いたらフェイスブックにお知らせが掲載されるので、私は何もか

もほっぽり出して駆けつける。

こうしたそれぞれのメニューも、壁にかけられたアートも、空間のアクセントになっている大きな棚も、ハーフ・オープンキッチンも、すべてが同じ方向を向いている。これ、意外とむずかしいことだと思う。

オルトレヴィーノは鎌倉出身のシェフと三浦出身のマダムのご夫婦で営まれている。私はマダムのセンスが大好き。ここに来るのは、彼女のセンスを味わいたいから、といってもいいかもしれない。それは「こだわり」によく似ているようで、ちょっと非なるもの。生活をおびやかしても貫くのがこだわりであるとするなら（これはこれで価値のあるものだけれど）、彼女のセンスはあくまでも生活そのものを磨き上げるためにある。

各テーブルに飾られている草木や花はマダムがご自宅の庭でとってくるもの。ここには日常の生活がある。だからくつろげる。

ここで買えるのは飲み物や食べ物だけではない。食器やカトラリー、それに椅子やテーブルといった家具も売っている。ほとんどが１７００〜１８００年代のアンティーク。アンティークの器というとフランスやイギリスのものをイメージしがちだが、イタリアの古い器の良さをここで知った。色合いに独特の温もりがある。私の家は和食器が多く、洋食器を選ぶ時はかなり慎重になるのだけど、こちらの器は古伊万里なんかともよく合いそうだ。

以前ここで見つけた厚手の緑色のグラスが気に入って一週間悩み、「買います！」という電話を入れたら、すでに売れてしまっていた。アンティークのものの一期一会を痛感。ピンときた時に買っておかなかったことを後悔した。年に何度かトスカーナに買い付けにいくマダムに、同じものを見つけたら絶対に買ってきてくださいね、としつこくお願いしておいた。一年後、三個ほど手に入れた。

食事をしていたら、私たちの使っている大きなテーブルがもう売約済みのものだと聞いて驚いたこともある。木製のしっかりしたテーブルだ。数ヶ月後が納品予定で、こうして預かっているのだとか。行儀の悪い私は、売れちゃったものに赤ワインとかコーヒーをこぼしてしまったらどうしようと思ったが、すでにいろいろな傷やシミもあって、それがいい風合いになっている。使い込むことの良さを改めて感じた。時間の経過は技術では出せない。

中央のテーブルの向こう側には、大きな古い食器棚がある。元は洋服ダンスだったものを利用しているそうだ。赤い塗装のはげかかった古い棚はこの店の個性を象徴している。

店に入ってすぐのところには大理石製の大きなワインクーラーがある。大理石などと書くといやらしい印象を持たれるかもしれないが、これも時間の経過というアクセサリーをまとい、静かな存在感のある逸品だ。もちろん、お値段もすばらしいのだけれど。

好みの空間を表すのに時々「着込んだダンガリーシャツのような」と書くが、オルトレヴィーノはさながら「洗いの効いたシルクのシャツ」だろうか。

記念日には
桜のアーチを通って出かけたい

肩の力の抜けたいい店がたくさんある鎌倉界隈だが、節目に訪れたい「よそ行き」の店はそう多くない。「ローストビーフの店鎌倉山」は貴重な一軒だ。

この店の物語は門をくぐる前から始まっている。

門の手前には大きな桜の木がそびえていて、その横に看板。門をくぐって玄関まで、背の高い杉林の横を歩く長いアプローチは贅沢なイントロだ。鎌倉の山側を丸ごと見下ろす景色をゆっくりと楽しめる。高いビルがなく空が広くて、風通しのいい街だと改めて思う。

創業は1971年。吉田茂の私設秘書だったというオーナーがどなたかの別荘だったというお屋敷を改築して始めた。イメージは吉田茂の別邸。資料映像などで見かける晩年に暮らした大磯の邸宅だとか。建物は戦前のもので古い木造だが、手入れが行き届いており、今でも風格がある。初めて訪れた人でも古い時間を共有できるのではないだろうか。

店内に入ると、部屋の真ん中にあるソファに案内される。ウエイティング用に大きなソファが二つ、用意されているのだ。窓の向こうは広い庭。食事の前にシャンパーニュを味わいながら、この庭を眺めるのは楽しい。季節によるけれど、ランチの後コーヒーを庭でいただくのも気持ちがいい。控えめにライトアップされた夜の庭は妖艶でなにか気配のようなものがあって、独特の表情がある。

店内はテーブルとテーブルの間が広く、余裕を持った配置だ。テーブルの天板は金沢に特注したという象嵌（ぞうげ）で、それぞれに桜だったり紅葉だったり植物の模様が埋め込まれている。

ローストビーフはワゴンに乗って塊のまま運ばれてきて、シェフが目の前で切り分けるというスタイル。専用の長い包丁が入り、ルビー色に輝く肉片がはがれるその瞬間、想像力と舌が直結して、口の中にこれから食べる肉の味わいが広がる。よくある食レポのような言葉を使いたくはないのだが、肉が口の中で本当に「溶ける」。よけいな旨みがないからおいしい。存分に肉と肉汁の味わいだけを堪能できる。

使われているのはＡ５もしくはＡ４ランクの黒毛和牛で、銘柄や産地は特に決まっていない。全国各地でその時一番いい状態の肉を仕入れるそうだ。

ソースは二種類で、グレービーソースと和風ソース。グレービーは濾してあるのでさらさらである。和風は醤油をコンソメで割ったもの。どちらも選び難いので、

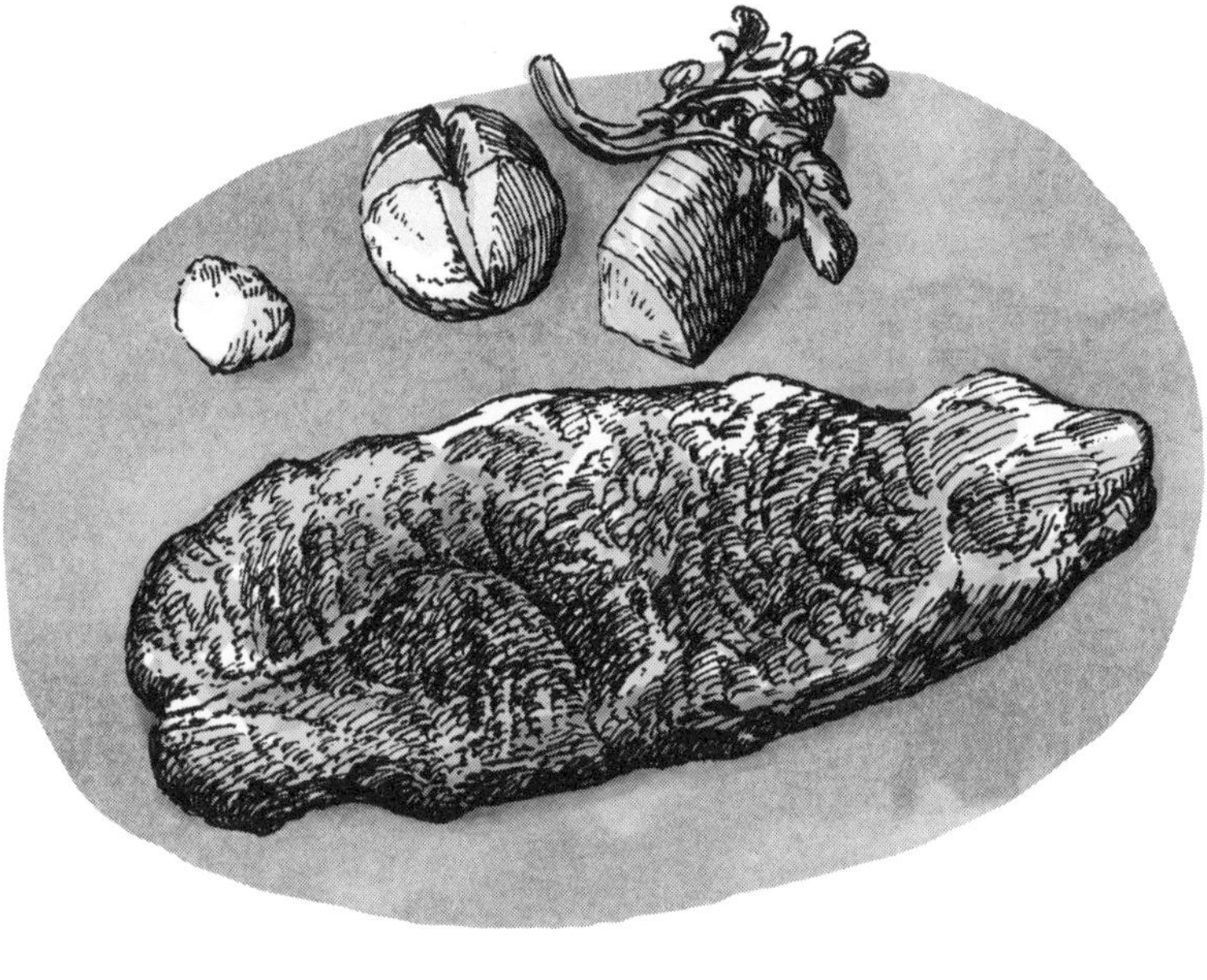

私は交互につけて、最後は和風で〆る。ホースラディッシュはたっぷりつけるのが好きなので、遠慮なく追加する。

ローストビーフがすばらしいだけでなく、海の幸を使ったオードブルの盛り合わせも魅力だ。魚介に合わせてカクテルソースが付いてくる。ケチャップやウスターソースを混ぜ合わせた赤いソースで、最近は他であまり口にする機会がないので、ここの店の楽しみである。２１０００円のコースでは自家製のキャビアが供される。玄関を入ったところにこぢんまりした水槽があって小さな鮫が飼われているので、キャビア用かと思ったら、こちらは展示用とのことだった。

デザートはチーズケーキやザッハトルテ、フルーツのコンポートなど七〜八種類がワゴンに乗ってやってくる。中でもここの宮崎マンゴーがおいしくて、人の分まで食べたこともあった。

部屋の中央に飾られている大きな絵は田村能里子のもの。銀座店のお客様だそうだ。他には鎌倉在住だった平山郁夫の絵や個室には棟方志功の版画もある。彼が晩年を過ごした鎌倉山のアトリエは２０１０年まで棟方板画美術館として開放されていた。

ちなみに、小学生以下のお子様は入場不可。個室のみの受付である。ドレスコードも厳しくて、ビーチサンダルや短パン、スウェットはNG。ここは大人が「気合を入れて」「くつろぎに」くる空間なのだ。

ワインは赤白すべてブルゴーニュのルイ・ラトゥール社のもの。吉田茂が好んだという。亡くなった父が「ジュヴレ・シャンベルタン」という赤ワインを好きになったきっかけはこの店だった。

亡くなった父の誕生日は毎年、ここでお祝いをしていた。いつも入って左奥のテーブルだった。父の誕生日は五月の終わりで、その時期は夜の食事のスタートが夕暮れ時になる。次第に紺色に染まっていく空をながめながら乾杯したのがなつかしい。今でもこのテーブルに来ると、赤ワインをおいしそうに味わう父の姿が思い浮かぶ。

弟の結婚披露宴はこちらの別館だったし、伯母が句集を出した時は親戚で個室に集まってお祝いをした。書いているときりがないくらい、家族の記憶がたくさん置いてある場所である。

鎌倉山は桜の名所。大通りはソメイヨシノがアーチ状に連なる。伯母の句には桜を詠んだものがたくさんあるが、中でも私が好きなのがこの句。

あれもこれも　みんなさくらの　せゐにして　静子

自営の畑を持つ
野菜のビーン・トゥー・バー

新鮮な野菜はおいしい。そんなあたり前のことを、改めて実感させてくれるレストランだ。「ジョイア」は自分たちで営む畑を持っていて、朝採れた野菜がその日のメニューに並ぶ。調理法はいたってシンプル。だから、野菜の柔らかさや甘さがストレートに伝わってくる。

鎌倉駅西口から歩いてすぐ。横須賀線のホームから見える位置にあって、明るくて、こぢんまりとした空間である。訪れる度に鎌倉らしいお店だなあと思う。カジュアルで風通しが良くて、普通っぽいのに揺るぎない個性があって。いかにもこだわってます！じゃないのに、実はこだわっているというのがいい。

希望すれば、畑の見学をしたり作業の手伝いができるので、先日、私も行ってきた。ほんの小一時間、オーナー兼ソムリエの飯田さんと話をしながら、レタスにからし菜や蕪、ルーコラやカーボロネーロなどを収穫した。覚悟はしていたけれど、それなりの労働だった。地道な筋トレのおかげで足腰が強くて良かった。

無農薬なので、土を払ってその場でルーコラや蕪をかじらせてもらった。塩やオリーブオイルがなくても充分。太陽や雨が土に染み込んで、それが野菜の味になっている、そのことを舌で感じられる。飯田さんは、毎朝畑に立っているうちに「味を足していく、作り込んだ料理を求めなくなった」という。

普段パソコンのキーばかり触っているせいか、土いじりは思いの外楽しかった。文字通り、地に足がついていることの醍醐味が味わえた。

その日のランチは、これらの野菜を使ったメニューだった。まだ若いからし菜はあまり辛くなく、野菜特有のゆるやかな甘みがあった。自分の手で収穫した野菜の味わいは格別だ。

ジョイアの畑はあくまでも自分たちの店で使う野菜のため。農家のようにある程度の大きさまで育ててから出荷する必要はない。好きな時期に収穫可能なので、同じ野菜でも、小さくて柔らかい頃としっかりした形になってからと、別の時期の味わいを経験できる。例えば、梅雨時に必ず食べに来る「青トマトのブルスケッタ」。まだ青いうちに収穫したトマトをリコッタチーズとともに味わう。これも自前の畑ならではのメニューだ。

年齢とともに時間の経過が早くて、一年はあっという間である。そのせいか、季節を感じられる決まりごとが好きになった。ジョイアで季節ごとの野菜を味わうのもその一つ。春の「生の空豆」と「花ズッキーニのフライ」は特に楽しみなメニューだ。技術の進化によって一年中たいていの野菜が手に入る時代だけれど、それぞれの季節を知識ではなく舌で知っておきたい。

野菜のことばかり書いたが、ワインもこの店の大きな個性。飯田さんに好みを伝えれば、百種類の中からぴったりのものをグラスでもボトルでも選んでくれる。

飯田さんは、かつて代官山の「フラッグス」で働いていた。同店は、いわゆる〝業界人〟と呼ばれる人たちがカッコよかった七十〜八十年代、彼らの溜まり場だったレストラン。東京にはまだ「イタリアン」なんて分類がなくて、「地中海料理の店」と括られていた記憶がある。地中海に面する国＝イタリア、ギリシャ、スペインなどの料理というわけだ。なんと大雑把な。それでも、あの頃の代官山のトガった人しかいない空気は小娘の私には刺激的だった。

その後、飯田さんは鎌倉は鶴岡八幡宮のほど近くのイタリア料理「ア リッチョーネ」の支配人になり、２０１０年に独立してジョイアを開業された。最初は和田塚駅近くで営業しており、２０１６年に

今の場所に移転した。前のお店は今より暗めのシックな雰囲気で、入り口にあった大きな蓄音機が印象的だった。

先日は、東京からゴルフをしに来た友人たちと訪れた。ラウンドの後は凝った店はめんどうくさい、でも鎌倉らしさは体験したいし、おいしくて高くないところがいい、彼らのわがままなリクエストに頭を悩ませた結果、ジョイアを選んだ。あちこち贅沢なレストランにいきつけているすれっからしたちが喜んでくれた。ワインが止まらなくなって、一人は終電を逃してしまったぐらい。

夏の終わりに、大型犬と一緒に海に遊びに来た友人家族ともここに来た。店の外のテーブル席には犬をつないでおくフックが付いているのだ。

友人同士でも家族&子供連れでも犬と一緒でもくつろげる。八十を過ぎたうちの母は、買い物の帰りに一人でランチに寄ったりもする。

ある夏の前、化粧室に日曜のランチ時のバイトを募集した貼り紙があった。

「交通費支給、賄い付き」。飲食業に並々ならぬ関心がある私は、週に一日だけならできるかもと思い、化粧室を出るなり、名乗りでた。短い勤務時間なのに賄い付きという条件に惹かれたのである。しかし、飯田さんに「使いづらいので」とあっさり断られた。ジョイアの賄い、食べてみたかったなあ。

お米を知る煮えばなからおこげまで

「最後の晩餐に何を食べたいか」。定番の質問がある。つまりはこれ、あなたの究極の食事は何ですか、という問いかけだ。

私ならこう答える。

おいしいご飯とおいしいお水。

おいしいご飯を引き立てるために、ぱりっとした海苔かきゅうりの糠漬けでもあれば、それで充分。いや、それが最高の一卓だ。

鎌倉は佐助の「朝食 喜心 kamakura」に行き、さらにその思いを強くした。

その名の通り、朝食専門の店だ。佐助稲荷神社や銭洗弁天のあるこの地域は通っていた御成中学校の近くでもあって、なつかしい。

品書きは2500円の「朝食」のみ。土鍋で炊くご飯に、向う付け、汁物、お漬物、焼き魚がつく。汁物は、「海鮮和風トマト汁」、建長寺に伝承されているレシピを喜心風にアレンジした「喜心のけんちん汁」、「季節の汁物」の三種類から選ぶ。けんちん汁は北鎌倉の建長寺が発祥とされている。

私はお味噌汁が一番好き。ご飯とお味噌汁というコーディネートは、いってみれば、白いシャツとデニムみたいなもの。もっともベーシックだからこそ個性が透けてみえる。そこがいい。

と書いておいてなんだが、ここのカウンターで炊きたての白いご飯を口にすると、何が一番なんていちいち決めるのがばかばかしい、そんな気分にもなる。

汁物が供されるお椀が見事だ。漆の美しさもさることながら、普通のお椀だったらたっぷり二杯分は入るであろう大きさがいい。「おかわりをお願いしてもいいのかな?」なんていう心配は不要だ。この開業のために特注した、鎌倉在住の漆作家によるものだそう。家にも欲しい、このお椀。

主役のご飯は、いくつも並べられた飯茶碗のなかから、好きなものを選ぶ。器も食事のうちだと思う。どんな器を選ぶかで味わいも変わる。

お米は状態の違う三段階で供される。

まず最初に煮えばな。これはお米がご飯に変わった時を指し、最も水分を含んだ、蒸らす前の状態のこと。口に含むと、ほんの少し芯を感じることができる。次はしっかり炊かれ、ふっくらしたご飯。お漬物や汁物などの塩味と一緒に味わって、お米って甘いものなんだなあと実感する。

最後のおこげには驚いた。ベージュの焼き色のそれは、おこげというよりお煎餅に近いかもしれない。決して黒く焦げてはいなくて、ぱりぱり。これは粗塩で味わう。塩はイギリスのマルドンとのこと。このおこげ、お酒のあてにも良さそう、なんて朝ごはんを食べながら考えてしまった。

朝食 喜心 kamakuraで、お米の可能性を改めて知った。この三段階を体験すると、お米が、ご飯がより好きになる。

使われている土鍋は「再興湖東焼（さいこうことうやき） 一志郎窯（いちしろうがま）」のもの。お米は山形のつや姫。強火で炊いても負けないお米を探したら、これになったそうだ。カウンター席に座れば、目の前で土鍋がぐつぐついうのを見られる。

ある年の夏は、私にとって凶暴な暑さと共に忘れられない夏となった。六月半ば、母に膵臓癌が見つかったのだ。厄介な癌だが、幸い初期のうちに発見され、手術を受けた。消化器を切ったり繋げたりしているので、術後は食事制限がいろいろあり、油分はなるべく避けなければならなくて、食べることや料理をすることが大好きな母にはかわいそうな状況になった。二ヶ月半の病院生活を経た退院後、気晴らしに外食に連れ出したくても、行ける店は限られてしまう。そこで思いついたのが、ここだった。まだ足元がおぼつかない母の手をとって、遅めの朝食を食べに行った。

病院の食事に閉口していた母は、大きな手術を終えたとは思えないほどよく食べた。煮えばなも蒸らした後のご飯もおこげもしっかり味わった。

「ああ、おいしかった。シンプル・イズ・ベストね!」

ほっとした。

食べられるものの種類は減ったが、横に広げられなければ縦に深くすればいいんだな、と思った。

楽しい物事がたくさんあるのはいいことだけれど、最近の私たちには選択肢が多過ぎる。だから、楽しむことより「こなす」ことに一生懸命になっているのではないだろうか。

冒頭に書いた「最後の晩餐〜」という質問も、本来ならわざわざ考えなくたっていいのかもしれない。食べることは生活だし、生活とは着々と積み重なっていくものだから。映画や小説のようにクライマックスがあって、ラストシーンがあるわけではない。

白米を通じて、食べることの楽しさを再確認できる店だ。

ナポリタンじゃない赤いスパゲッティ
サイフォンで淹れたコーヒー

朝が苦手なのは子供の頃からである。というより、子供の頃から夜が好きだった。夜になると、今日がずっと終わらなければいいなあと思う。畳まれていく一日を名残り惜しむのが心地良かった。

中学生になると、布団にくるまってラジオの深夜放送を楽しみ、窓の外の空が白っちゃけてくるのを見るのが日課となった。そんなふうだから、朝が弱くて、しょっちゅう遅刻をした。学校からも度々注意を受け、母は大変だったと思う。毎朝なかなか起きない私の腕を引っ張って起こし、朝ご飯を食べさせる。稲村ヶ崎駅七時四十八分発の江ノ電に乗らなければならないのに、七時半になってもまだパジャマでご飯を食べているという体たらく。

ある朝、母が叫んだ。

「もう、ご飯はあきらめなさいっ。一回ぐらい朝ご飯を抜いたって、死にゃあしない。自分が悪いんだから」

私は渋々、一口だけでご飯茶碗を置いた。

まだぼんやりしている頭のまま江ノ電に乗った。頭はぼんやりなのに、空腹の感覚だけは鮮明だった。鎌倉駅西口に出たとたん、お腹がぐうっと鳴った。学校への道から外れ、ロータリーの左側にある「ロンディーノ」に向かった。朝、八時から開いていて、出勤前のサラリーマンもよく利用する。

薄く潰した学生鞄とスヌーピーが描かれたトートバッグを抱え、店に入った。注文はトーストとブレンド・コーヒー。一人で外食をするのは生まれて初めてだった。店内はスーツの人やジーンズ姿の人で埋まっていて、たいてい一人だった。学校の制服なんか着ているのは私だけだ。最初は緊張したけれど、こげ茶色に焼かれた厚めのトーストが運ばれてくるとそんなものは吹っ飛んだ。表面にはバターがたっぷり染み込んでいる。かぶりつくと、お腹と心がバターで満たされた。バターってすごい。

コーヒーには、砂糖を少しと、小さなピッチャーに入ったミルクも入れた。今まで、コーヒーって苦いだけじゃん、と思っていたけれど、苦味っておいしいものなのだと気がついた。窓からは江ノ電の鎌倉駅が見える。私が乗ってきた次の電車が来てもまだ、私は店内に漂うコーヒーの香りに包まれていた。新しい発見に興奮したまま、江ノ電を二本見送った。一時間目の授業に遅れ、先生に叱られたけれど、わくわくした気分は夜になるまで消えなかった。

ロンディーノは、1967年創業のカフェ。小さなコーヒースタンドからスタートして、サイフォンで淹れる本格的なコーヒーが評判となり、店舗を広げて今の形となった。

当時はまだ珍しかったコーヒー豆の量り売りもしていて、母はよくここでコーヒー豆を買った。私も一緒に来て、一息ついて帰ることもあった。私が注文するのはたいていプリン。固めでしっかりとした味わいのプリンが食べたくて、母の買い物についていきたがった。

その店に、初めて一人で来て自分で会計をすませた朝は気分が良かった。すっかり味をしめて、私は時々ここで朝食を食べてから学校に行った。参考書を買うから、読みたい本がある、とかなんとかいってお小遣いをせしめた。お金は、参考書や本の代わりにロンディーノのトーストやコーヒー、スパゲッティになった。

その名も「スパゲッティ」という名物メニューがある。具は薄くスライスしたマッシュルームだけ。それをケチャップとミートソースで絡めてある。ナポリタンのようにはなやかではなく、潔いほどシンプルで、そこが気に入っていた。

ある時、急いで食べて、制服の白いシャツに赤い染みを作ってしまった。先生に、学校に来る前にロンディーノに寄っていたことがバレるのではないかと不安になった。

大人になった今でも、時々、この赤いスパゲッティを頼む。焦がしたケチャップの酸味とミートソースのほのかな甘みがそれぞれ独立していて、心の中で溶け合うのだ。甘酸っぱいというのとはちょっと違う。食べる度に学校をさぼった時の気持ちを思い出す。グルメとか美食などといわれるものとは違うけれど、記憶が重なって成り立つ格別の味覚だ。

鎌倉駅に近いので、編集者との打ち合わせや待ち合わせに使うこともある。先日は、先に来ていた友達は私が着くなり、こういった。

「今どき、ここまで煙もくもくの空間もめずらしいね」

ロンディーノは今でも開業当時と同じように、喫煙可なのだ。分煙ではなく、全席OK。喉が弱い私は煙草の煙も匂いも苦手だけれど、すべてのバーとロンディーノではなぜか気にならない。煙草の煙もインテリアの一つ、と受け止められてしまう。

五年前に亡くなった父はヘビー・スモーカーで、家族での外食の際、集合場所はいつもロンディーノだった。必ずコーヒー一杯と煙草を二本。レストランに行く前の儀式みたいなものだ。父が煙草を吸い終えるのを待つ時間から、その夜が始まった。

鎌倉にはどんどん新しい店ができているけれど、ロンディーノのような思い出が置いてある店にはいつまでも変わらずそこに在って欲しい。

開高健が生きていたら この店をどう書くだろうか

近所に、山ひとつを庭にした邸宅があった。
山のてっぺんに立つ家の主は循環風呂で財を成した方で、山の中腹にはゆったりとした露天風呂もあった。庭には滝が流れていた。露天風呂を沸かすとうちにも連絡をくださり、私と母はタオルを持って出掛けた。流水の音を聞きながら、森の中の露天風呂を楽しんだ。

その後、事情があって邸宅を手放し、一家で東京に引っ越された。

邸宅は広さゆえか、なかなか買い手が決まらなかった。黒塗りのハイヤーや真っ白なメルセデスが乗り付けられたり、タレントが別荘を買うといった主旨のテレビ番組のロケがあったりした。所有の不動産屋が変わったのか、入り口に物々しい柵が建てられた時期もあった。どんな人が買うのかと不安になった。

ある年の春。インターフォンが鳴って、画面にはお見かけしたことのある顔が映った。

「近所に越してきましたので、ご挨拶を」

よくテレビや雑誌で見かけるドクターの南雲先生だった。あの邸宅を別荘として買われたという。度々いらっしゃるようで、週末に稲村ヶ崎駅前でばったりお会いすることもあった。立ち話で、海近く特有の塩害と山ならではのカビが大変だとこぼされていた。子供の頃から住んでいる私にとっては標準装備だけれど、鎌倉に越してきた人はたいてい、最初に塩害とカビに悩まされる。

その年の夏、またインターフォンが鳴って、画面には南雲先生が映った。居間でお茶を入れながら、私は内心、早々に鎌倉を引き上げてしまうのだろうかと思った。ところが、

「ご報告がありまして。あの家で日本料理の店をやることになりました」

急須を落としそうになるほど、びっくりした。

月に一度来るぐらいではせっかくの家をダメにしてしまう、それなら、と店を始めることにしたそうだ。確かに、家は使わないとヘタっていくけれども、それにしても、お医者様がいきなり飲食店とは思い切ったものだ。

南雲先生の専門は乳癌で、乳房再建の名手として知られている。食事による健康法の本もたくさん出されていて、ファンも多い。先生の驚異的な若々しさの秘訣も食事法にあるんだとか。母は六十代の先生をずっと三十そこそこの若者だと思っていた。

その食事法に則った日本料理の店だという。

それだけでなく、「これぞ日本料理という究極のお店にしたい」とのことだった。

観光地の鎌倉とはいえ、この辺りはお寺もオーシャンビューもない住宅街である。正直なところ、本当に実現するのかしらん?と半信半疑だったが、約半年後の春、晴れて開店のご案内をいただいた。

それが稲村ヶ崎の「日本料理 吟」である。

料理人の佐々塚雅也さんは、南雲先生が名古屋でいきつけだった店でスカウトした。

「海外の人にこれが日本料理と胸を張っていえるものを鎌倉で出したい。食材の予算

に糸目はつけない」といって口説いたそうだ。

言葉通り、ここには日本全国の選りすぐりの食材が集まってくる。長崎は五島列島のクエ、越後松葉蟹、淡路島の鱧、愛媛の鯛などなど。魚に詳しい人ならたいてい知っている「大森式流通」の大森さんから直接仕入れることもある。大森式とは、魚を脳殺させて、神経を抜き、放血させる処理の方法。石巻の大森さんはその発案者であり、魚の種類や大きさ、時期、発注主である料理人の好みに合わせて処理の仕方を調節する、量より質の漁師だ。魚のケースには「船上放血神経〆」と書かれたステッカーが貼ってあり、日付&時間も記されている。

最初に吟に行った時、船上放血神経〆をした鰆を蕗味噌で食べた。生々しさに驚いた。その日のお造りは昆布締めにした平目。醤油ではなく、パンプキンシードオイルと肝を溶いたソースで味わった。どちらも素材の味わいが舌に染みた。減塩は健康のためというより、味覚のためなのだと思った。

牛なら信州か宮崎、野菜は京野菜と三浦野菜。ここに来ると、改めて日本の食材の幅広さに感嘆する。先日は、有明海の新海苔の天ぷらに北海道の雲丹が乗って供された。お互いが引き立てあっていた。

最後の〆は季節の具材を使った発芽玄米の炊き込みご飯。南雲先生の食事法に沿って、精製した白米は基本的に使わない。

佐々塚さんがすごいのは、こうした食材でも決してやり過ぎないことだ。食材に敬意があるからだと思う。最近、FOODIE受けを狙って高級食材に高級食材を合わせるのが流行っているけれど、和牛やトロの薬味に雲丹やキャビアは必要ない。ああいった「ドヤ感」のなさを鎌倉らしい個性というのは地元びいき過ぎるだろうか。

夜はコース15000円のみ。鎌倉ではトップクラスのお値段で、それだけの価値はある。まずは昼のお弁当で、という人も少なくないが、もったいない。日本料理吟を知ろうと思うなら、ぜひ夜のコースを体験するべきだ。

私の手土産リスト

「ポルタム」は紀ノ国屋の裏、「ガーデンハウス」の入り口の隣にあるナチュラルチーズ専門店だ。

横山隆一のアトリエの跡地にある。『フクちゃん』で大人気だった昭和の漫画家だ。中学の頃、学校の行き帰りに少し遠回りをして、アトリエや自宅の前を通った。当時ではまだまだめずらしい洋風の建物で、中でもしゃれたデザインの鉄の扉とそこから覗く芝生とプールは思春期の私を興奮させた。まるでアメリカの映画かドラマみたい！　あんなおしゃれな家に住んでいる人が現実にいるなんて！いつまでも覗き込んでいて遅刻したことが何度もあった。

ポルタムはその鉄の扉をそのまま使ってある。真っ白い壁に扉がよく映える。

チーズを買いに行って、扉に手をかける度に、中学生の頃の興奮を思い出して我ながら心の中で笑ってしまう。同時に、横山邸が敬意を持って保存されていることに感謝する。

先日、友人の家の気軽なホームパーティに誘われ、ここでチーズの盛り合わせを買った。さんざん迷ったのだが、棚の下の方にブルーやイエロー、赤に黒といったdifferentめずらしい発色のチーズを見つけ、それを選んだ。もちろん人工着色料なんかではない。ブルーはラベンダー、イエローはクミン、赤はパプリカ、黒は墨のフレーバーだ。選んだ理由は見た目のおもしろさ&はなやかさではあったけれど、でも、味もちゃんとおいしいから。味見をして買った。

ここは酒屋ではないのだけれど、角打ちがある。数種類のワインが用意されているので、買ったチーズと一緒に味わえるコーナーがあるのだ。その席の目の前にはかつての横山邸のプールがある。

十二、三歳の自分が憧れたプールを眺めながら味わうワインと色とりどりのチーズには、感傷という味わいが加わって、いつもとは違う酔いだった。

ポルタムではきれいに盛り付けボックスに収めてくれる「チーズプラトー」が

あるので、手土産にはそれがオススメだ。

チーズのお土産なら、御成通りの「ラッテリア ベベ カマクラ」という選択もある。こちらはチーズ工房を併設しており、レストラン内でチーズを販売している。中でも評判が高いのは「ブラータ」。フレッシュなモッツァレラを巾着状にして、その中に生クリームとさらにモッツァレラを一緒に入れたものだ。鮮度が大切な一品ゆえに、出来立てを買える（&店内で食べられる）のはいい。とある料理家は「今まで食べたブラータで一番おいしい！」といったそうだ。

ワインを買うなら、イートイン&デリを併設した「オルトレヴィーノ」、ナチュラルワインが充実した「鈴木屋酒店」もオススメ。ここの角打ちも評判がいい。海を見がてら稲村ヶ崎の「エノテカ ロンディーノ」という手もある（注・カフェロンディーノとは別経営）。

日本酒なら断然、「山田屋本店」。茅ヶ崎の熊澤酒造と関係が深く、蔵元の熊澤酒造より「天青」が揃っているといわれているぐらいだ。日本酒と焼酎の品揃えは圧巻である。鎌倉の芋を送り鹿児島で作らせたという焼酎なんかもあるので、「鎌倉の手土産」として時々使う。御成通りの「高崎屋本店」は日本酒から湘南産ビール、つまみの缶詰の種類が豊富。大仏の顔が描かれた大仏ビールはラベルがしゃれているし、味もいい。こちらも手土産や贈り物にオススメだ。

鎌倉から他の土地に越していった人に、何か送りましょうかといったら、「井上蒲鉾店」の「梅花はんぺん」という答えだった。昭和六年創業の蒲鉾店である。もっと目新しいものをリクエストされるかと思っていたので、意外だった。蒲鉾と同じ生地で作られた紅白のはんぺんで、梅の花の形をしている。我が家のお正月の必須アイテムで、お祝いの贈り物にもたまに使う。私たちはすっかり慣れてしまっているが、あのふわふわの感触は他ではないそうだ。あれ以来、見た目のはなやかさも手伝って、手土産のリストに加えるようになった。

昨今のパン・ブームに則って、鎌倉にもパン屋さんが増えた。

高級食パンの店、さくさくでバターの風味がたっぷりのクロワッサンが人気の店、変わり種の豊富さが売りのベーグル専門店など、さまざまな個性が揃う。そんな中で、お土産にすすめるのなら極楽寺の「ブーランジュリー　べべ」（ブラータチーズがおいしい店とは関係ない。たまたま同じ名前）の「プチオリーブ」だ。オリーブの実をパン生地で包んである、小さな丸い一口パン。噛むと、パンの中からオリーブがじわっとあふれてくる。ワインのおつまみにぴったりだ。最近はこのパンを見ただけで赤ワインの味が頭に浮かぶようになった。午後の決まった時間にしか焼き上がらなくて、すぐに売り切れてしまう。私は見つけたら必ず買うようにしている。お土産というか、差し入れにいいと思う。

そして、忘れてはならないのが「力餅家」の「権五郎力餅」。

江戸時代に創業された鎌倉で最も古い菓子屋である。つきたての餅を餡子で包んだ力餅は創業以来変わらないメニューだという。春だけの草餅も楽しいし、日持ちを考えるなら求肥という選択もある。子供の頃から何個食べたか数えきれないが、いつまでたっても飽きのこない味わいである。

SUMMER

—

夏

窓からはフェリーニの映画みたいな景色が見える

夜の時間帯に限っては、鎌倉と港区には六〜七時間の時差があるように思う。昼間はにぎやかな由比ヶ浜通りだが、夜八時過ぎになると灯りはまばらで、かなり閑散としている。西麻布だと午前三時の雰囲気だろうか。元「都会の浮き草」の実感だ。

「バー・ケルピー」は由比ヶ浜通りのはずれにある。江ノ電長谷駅から歩いて二分ほど。大仏や観音様が近くにあり、昼間は平日でも人であふれかえるエリアだ。一階の扉を開け、そこに続く階段を上って、二階の扉を開けると、重厚すぎずカジュアルすぎない心地よい空間が広がっている。食事の後に立ち寄ることが多いが、ウェイティングバー代わりだったり、友達のお誕生日の乾杯をするためだけに集まったり、たまに心をお酒でほどきたくて一人で階段を上ることもある。このお店を知って、鎌倉の夜が自在になった。

カウンターの大きな一枚板はオーナー&バーテンダーの大橋祐樹さんが見つけたハワイ産の木。年輪が多すぎず、色はナチュラル。正統派なんだけれどほんの少し肩の力が抜けたところがあって、鎌倉によく似合う。

カウンターの後方にある大きな窓からは、由比ヶ浜通り突き当たりのT字路が見える。夜、この角度でこの景色を見るのが大好き。昼間の喧騒が幻のようにしんとしていて、辺りがモノクロになったようなのだ。この落差は鎌倉という街の個性だと思う。フェリーニの映画の一場面みたい、といったら雰囲気が伝わるだろうか。

ここでスイカのカクテルを飲むのは、私にとって夏が来た印。ウォッカにスイカの果汁、塩をきかせた一杯はソルティドッグのスイカ版だ。子供の頃、スイカに塩を振って食べていたのを思い出す。果物を使ったカクテルは、腕のあるバーテンダーにかかるとエッセンスが凝縮されて、果物そのものを食べるよりも果物の風味が口に広がることが多い気がする。さらにマスカルポーネを加えたカクテルもあって、スイカ関連を二杯続けて味わい、夏を堪能することもある。

棚にはめずらしいウイスキーがずらりと並んでいる。ストックは約百種類。ボトラーズがほとんどだそうだ。ボトラーズとは、蒸留所から原酒を買い取り、独自に熟成させて瓶詰めをしたウイスキーのこと。蒸留所が製造から瓶詰め、販売まで一貫して行うものをオフィシャルといい、それに対してこう呼ばれる。

店名のケルピーは、イギリスはスコットランド地方の水辺に住むと伝わる幻の獣のこと。馬に似た容姿だという。

長谷のイタリア料理店で食事をした時、ソムリエの方に「近くにいいバーができましたよ」と教えてもらったのがきっかけで、足を運ぶようになった。友人たちと立ち寄り、思いの外くつろいだ時間を過ごしたのだが、数週間後、同じような顔ぶれで再び伺うと、大橋さんは最初の時に誰が何を飲んだのかをすべて覚えていて、驚いた。

ここに通うようになって、改めて夜っていいなあと思った。

そして、カフェでもスナックでもなく「バー」であるのはどういう空間か、バーテンダーというのはどういう人たちをいうのか、自分なりに考えた。その昔、鎌倉では食事の後に立ち寄るお店は少なく、れっきとしたバーと呼べる空間はごくわずかだった。最近のこの界隈の充実ぶり、地元民としては嬉しい限りである。

編集者のHさんとも何度か、このカウンターで酒を飲んだ。Hさんは数年前、出張先で亡くなられた。二十代の頃、いくつかの雑誌の編集部をうろちょろしていた私の軽薄さをおもしろがって、大きな仕事をふってくれた。Hさんは私を見つけてくださった恩人なのだ。

鎌倉にお住まいだったので、食事をしたりお酒を飲んだり、ケルピーもご一緒した。

「いいお店、見つけたね。さすが甘糟さん」

そんなことをいわれたのがなつかしい。

亡くなってから一年後の命日前夜、会食の帰りに一人になって、ふとケルピーの階段を上った。献杯をしようと思ったのだ。二階の扉を押すと、カウンターの手前にはカップルが座っていた。私は一つ空けたところに腰をかけた。こういう時はウイスキーのストレートのような気がした。日付が変わったらHさんの命日なのだと告げ、銘柄は大橋さんにお任せした。供されたのははなやかな香りのウイスキーだった。尖ったところがなく、ストレートで飲んでもまろやかな味わいの。

あと五分で命日という時、大橋さんがラフロイグの十年を二つのグラスに注いだ。手前に座っているカップルの注文かと思ったら、うち一つを私の右隣に置いた。

「以前いらした時に召し上がっていたものです」

Hさんのグラスだった。日付が変わって命日になると、大橋さんがもう一つのグラスに手をかけ

た。

「僕も献杯を」

いろんな記憶が心からあふれそうになった。

バーテンダーの仕事ってこういうことなんだなあと思う。

レシピ通りにカクテルを作るとか、お客の話に心地よい相槌を打つとか、いいお酒を揃えるとか、もちろんそれらも大切だが、それだけではない。一つの夜を預かることだと実感した。

森の中にいるような居心地の良さ 鎌倉らしさってこういうこと

ある夏の日のこと。友人であるインテリア・デザイナーの森田恭通さんから連絡があった。

「浜辺でのBBQに誘われて鎌倉行くから、その前にお茶しようよ。鎌倉は全然わからないからどこか案内して」

こういう時、原稿もほっぽり出して張り切ってしまう。せっかく東京から小一時間かけて来るのだから、鎌倉にしかない個性を知ってもらいたいのだ。その上、相手がスタイルやセンスで仕事をしている人なら尚更である。鎌倉やるじゃん！と思ってもらいたいわけ。

売れっ子の森田さんは関西出身、かつてはシャンデリアーノ森田なんてあだ名もあって、手がけたレストランやバーはキラキラした空間が多く、時としてデカダンスを体現したような店もある。そんな彼にははなやかな都会とはまったく別の空気が流れているところがいいだろうとあれこれ思案して、いくつかの店名が頭に浮かび、私は「ガーデンハウス」を選んだ。

ここは森の中にいるような空間。ふんだんな緑に囲まれた広い敷地内に建つカフェ&レストランだ。席数の半分近くはテラスになっている。駅からほど近い大通りにはさりげない看板と入り口があるだけで、奥に進むと、広々とした空間が広がる。

八月の週末、広い店内は浮き足立ったざわめきが満ちていた。

「へえ、こんなとこがあるんだねえ」

シャンデリアーノ森田はそういい、興味深そうに辺りを眺めてから、モエ・エ・シャンドンのボトルを注文した。初めて行った店でもボトルのシャンパーニュを注文するというのが、彼のスタイルである。

私は金色の泡が行き来する細長いグラスを手にしたり顔で、ここが昭和を代表する漫画家の横山隆一氏の邸宅だったこと、そこが文士たちの社交の場であったこと、アトリエ部分を取り壊さずにリノベーションをしてガーデンハウスになったことなんかを語った。『フクちゃん』という氏の代表作についてもかなりの知ったかぶりを披露したはずだ。同作は私が子供の頃に毎日新聞で連載されていた漫画で、正直なところ当時の記憶は曖昧なのだけれど。

酔いも手伝って、私はまあ語る語る。

「ここに来る度に、なんでもかんでも新しくすればいいってもんじゃないなあと思うんだよね。だからといって価値のあるものを受け継いでいることを声高にいわないのも大切だし（どーたらこーたら、以下自粛）」

店舗の専門家に対して、よくもまあ…。今になって自分のあつかましさに恥ずかしくなる。でも、森田さんはにこやかに耳を傾けて、こういった。

「そういうのが鎌倉の個性なんだろうね」

小一時間、おしゃべりと情報交換をしてから、由比ヶ浜のビーチに向かっていった。

ガーデンハウスは鎌倉駅西口から歩いて二分、市役所のはす向かいで紀ノ国屋の裏手というロケーションである。編集者との打ち合わせ、母や友人との待ち合わせ、買い出し後の休憩など、さまざまなシチュエーションで足を運んでいる。朝食を食べに

行くこともあるし、夜の早い鎌倉でラストオーダーが二十一時というのも助かる。本当に使い勝手のいい店なのだ。

私が好きな席はベンチシートのキッチンのそば。座り心地がいいし、キッチンの活気が漂ってきて楽しい。話し込むにはもってこいだし、本を読んだりパソコンを開いたりするにもいい。混んでいない時間帯の時は、あらかじめここをお願いすることも多い。広いテラス席の他、奥には小さな部屋もあって、変化の多い作りのせいか、百席以上あるけれど雑なオオバコ感がない。

小さな部屋は、ふだん通常の席として使われているが、頼めば貸切りもできる。父の三回忌の時は親戚でここに集まった。ガーデンハウスがオープンした2012年の秋、父はもう外出するのが億劫になっていて、一緒には来られなかった。亡くなったのはその一年後だ。元気な頃にこの店があったらきっと気に入っただろうなあと思い、法要に不釣り合いなことは承知で思い切った。店側には、事前に喪服の老若男女がぞろぞろ出入りするけれど大丈夫かと問い合わせたら、快く受けてくれた。お墓参りの帰り、親戚一同でパンケーキやピッツァを頬張った。形式ばったことが嫌いで、カジュアルな空間が好きだった父はきっと喜んでくれただろう。

メニューは、ピッツァやパンケーキ、フライドチキンにシーザーサラダなど。こうして書くと、雰囲気優先のカフェご飯屋さんと勘違いする人がいそうだけれど、どれもちゃんとおいしい。口にすれば、プロフェッショナルが手をかけて作っていることがわかる。そして、この店にしかない「味」がある。

鎌倉ハム富岡商会と提携していて、ガーデンハウスにしかない手作りのロースハムがある。ハムは特別好きでもきらいでもなかったのだけれど、ここの「ハムステーキ」でハムっておいしいものだと思った。

初めて訪れた友人によくすすめるのはピッツァだ。生地はもちもちのタイプ。「ポモドーロ」などの定番のほか、春菊だったりキノコだったり、季節の具材を乗せたピッツァも楽しい。釜揚げしらすと焦がしバターなんていうのもある。

ガーデンハウスはすっかり鎌倉に定着して、人気ゆえにしょっちゅう行列ができてしまう。仕方がないので、行く前はたいてい電話を入れる。できるなら、こういう空間には並ばずに予約もしないでふらっと行くのが似合うんだけどなあ。贅沢な悩みである。

鰻は断然関東派です

鰻は断然、関東風が好きだ。箸を当てるとほどけるように切れ、口に含むと味わいがすっと染み込むのがいい。

ご存じのように、背開きにして一度蒸してから焼くのが関東風、腹開きで素焼きが関西風だ。蒸してから焼くとふんわりした食感になる。舌触りは柔らかく、でも味わいは香ばしく、というのが私の理想の鰻。噛みごたえが過ぎると、鰻本来の味にたどり着けない気がする。

由比ヶ浜通りの「つるや」は1929年創業の鰻屋。子供の頃から家族で通っていて、出前もよくお願いする。私の鰻体験の九割はここの味である。鰻＝つるや、なのだ。

店には縦長の大きな看板がある。「うなぎ」と書かれていて、その「う」の字が鰻の形になっているのが子供心におもしろく、ここに連れてきてもらう楽しみの一つだった。また、昔は大きな木箱が出前に使われていて、出前の人が自転車で前のめりになってこの箱を背負う姿は、街の風物詩であった。

テニスプレーヤーの伊達公子さんとは仕事を通じて知り合い、時々ご飯を食べに行くようになった。食いしん坊同士、会うとたいてい、おいしいものの話題になる。京都出身の伊達さんは大のうどん好きだが、東京で初めてうどんを食べた時は出汁(だし)がしょっぱくて食べられなかったという。いわく、お醤油を飲んでいるみたいなんだもん、とのこと。神奈川出身の私は当然ながら蕎麦派で、うどんといったら鍋焼きとか焼うどんばかり。考えてみれば、出し汁だけの、純粋に麺を味わうためのうどんはほとんど食べたことがない。

　そんな話題から、さらに関東と関西の食の違いを語り合うこともある。私には関西の白味噌のお雑煮は「御節料理におみおつけかぁ」という印象なのだけど、伊達さんにとっては関東風の鶏出汁のお雑煮は「あれはお雑煮じゃなくてお吸い物」なんだそ

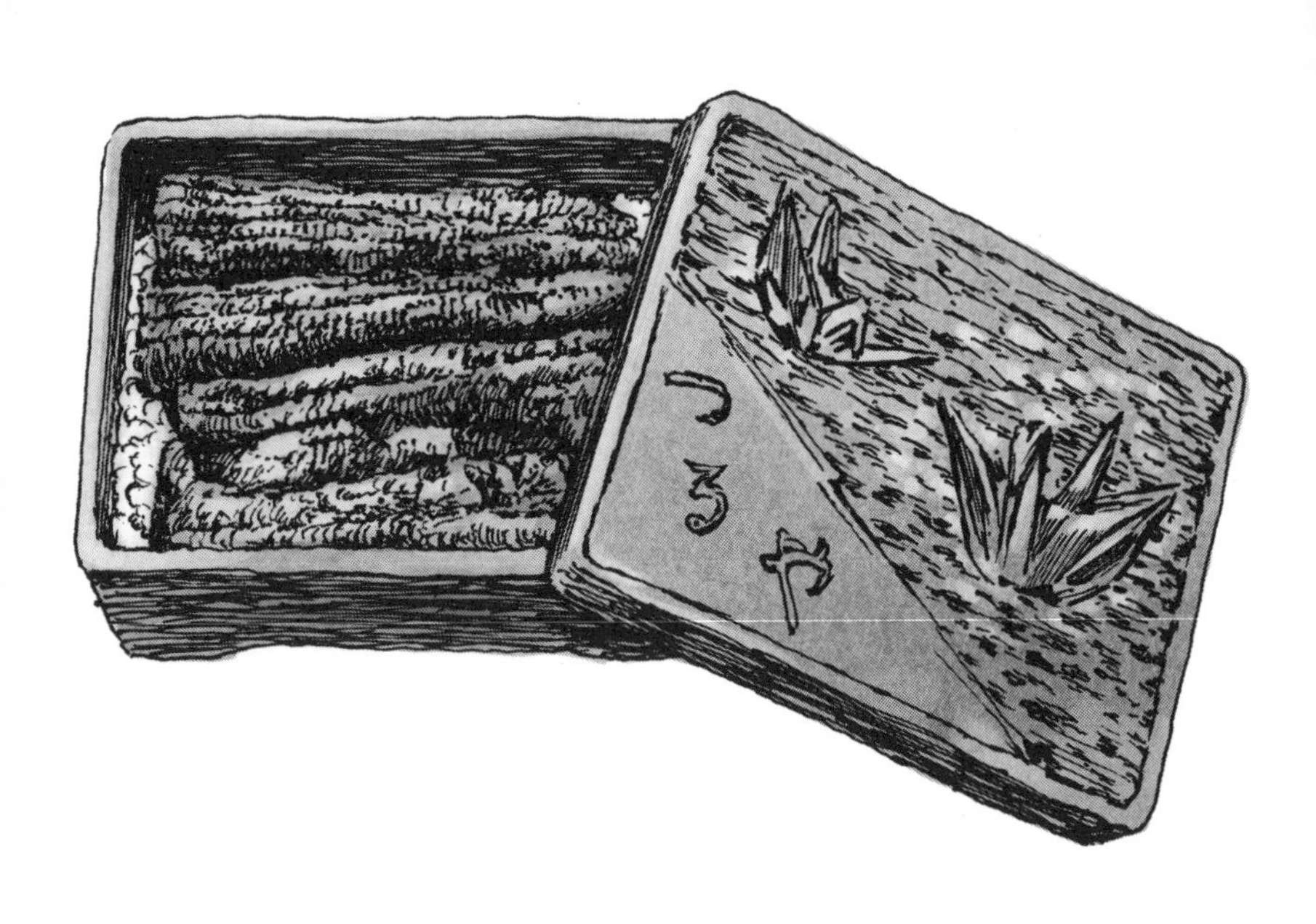

う。彼女も寿司はやっぱり江戸前だが、ちらし寿司は別。関東のは「ただの海鮮丼」で、関西のものが本来のちらし寿司だという。

どちらが正しいとかではなくて、違うからこそおもしろい。日本列島って長いなあと思う。

そんな伊達さんが、先日鎌倉の家に遊びに来た。うちでゆっくりしていたので、遅いお昼に出前を取ることになった。私は恐る恐る彼女に聞いた。

「子供の頃から食べている大好きな鰻屋さんがあるんだけれど、やっぱり鰻は直焼きの関西風じゃないとダメよね？」

「ううん、鰻はむしろ関東のあのふわっとしたのが好き。京都にいる頃は鰻ってそんなに食べなかったんだけど、東京に出てきて鰻ってこんなにおいしいものだったんだあ、と気がついたくらい」

関東の鰻はカルチャーショックだったそうだ。

私は、早速つるやに電話をかけた。

たれの味にもつるやの個性がある。甘辛の味がそれほど強くなく、あっさりしているので、鰻そのものを存分に味わえる。これは好みだけれど、私はつるやの鰻には山椒をかけるのも神経質になる。たれがきつくないから、山椒をかけ過ぎるとそれが勝ってしまう。かけないか、もしくはごく少量、鰻の味を邪魔しない程度にする。つるや以外の甘辛が強いたれの鰻に出くわすと、味がきつくて箸の進みもつい遅くなる。伊達さんが東京でしょっぱいうどんを食べた時も、きっとそんな感じだったのだろう。

伊達さんは、「おいしい！」といいながら、つるやの「うな重」をあっという間に平らげた。私は心の中でガッツポーズをした。

ところが、別の関西出身の友人にいわせると、そんな頼りない鰻は鰻ではないともいう。彼女に連れられて、関西風の鰻を食べにいった。直焼きの鰻はぱりぱりとしていて、存在感に満ち満ちていた。噛みちぎりながら食べた鰻がお腹の中で生き返るんじゃないかと思うぐらい野性的。家に帰ってきても、お腹の中には鰻の感触が残っていて怖かった。翌朝、目が覚めたら自分が鰻になっているのではないかと思うぐらい。味はよく覚えていない。

田辺聖子さんの名作『春情蛸の足』は、関西の食と男女のもつれを絡めて描いた短編集だ。鰻は出てこないのだが、たこ焼き、ふぐ、うどん、すき焼き、おでん、などを通して、東京の女性がいかに微妙な味覚を理解しておらず、塩辛い味を押し通そうとするかが書かれている。さらに付け加えると、東京の女性は言葉も性格もキツい、ということらしい。

ページをめくる手が速くなればなるほど、いやいやいやいや、と私はいいたくなる(関西風にいうと、ツッコミたくなる、だろうか)。イントネーションの強い関西弁の方がおっかないし、お好み焼き&たこ焼きのソース文化こそ微妙から程遠いんじゃないのかなあ、なーんてね。

つるやは、たいていの名店がそうであるように、注文があってから鰻を捌く。だから運ばれてくるのは一時間近くたってからである。その待ち時間も含めてが、つるやの味わい。

カレーもいいけれど
私はビーフサラダ

鎌倉プリンスホテル沿いの広い急坂から、海を見渡すと十代の夏を思い出す。振り向くと、自分が何者でもない、だからこれから何者にでもなれると信じていた青くさい女の子が歩いている気がする。

その坂を登りきると七里ヶ浜のプロムナードで、そこには「珊瑚礁 本店」がある。開業の1972年当時、私は小学生。あの頃、七里ヶ浜にはレストランはほとんどなかった。海外旅行は一部の人たちのもので、円の為替相場が1ドル300円を超えていた時代である。初めて訪れたのは開業から数年後だったけれど、まだハワイは遠いところにある楽園で、この店の雰囲気でそれを体験したのだった。

珊瑚礁といったら134号線沿いのモアナマカイ店をイメージする人が多いかもしれないが、私にとってはやっぱりプロムナードにある本店だ。

好きなメニューは「ビーフサラダ」。

好きというより、思い出深いといったほうが正確かもしれない。フレンチドレッシングがかかったサラダの横にしっかり味つけされたビーフがあって、バゲットも添えてある。けっこうなボリュームのこれらすべてが一つのボウルの中に収まっている。はじめて珊瑚礁に行った時、これを食べた昭和の十代には、すき焼きでもステーキでもないビーフはちょっとしたカルチャーショックだった。ビーフのたれの味が染み込んだバゲットを口にすると、何かすごい大人っぽいことをしている気になった。

このビーフサラダが雑誌POPEYEで「サーファーに人気の一品」として紹介され、珊瑚礁の名前は一気に世の中に広まったと記憶している。海から上がった空腹のサーファーに、あのボリュームであのバランスのボウルがウケたのだった。ネットなどない頃、POPEYEやJJ、ananといった雑誌は情報の宝庫。スキー場やディスコで仲良くなった東京の友人たちが雑誌を見て、ドライブがてら、ビーフサラダを目当てに海沿いまで遊びに来ることもよくあった。クルマで遠出をすることも八十年代の若者にとっては立派なレジャーで、ハワイの香りをまとった珊瑚礁は格好のデスティネーションだった。

ビーフサラダの他に、友人たちと一緒によく注文したのがドライカレーである。最近はひき肉のカレーをドライカレーと称するようだが、私はカレー粉を使ったピラフのような炊き込みご飯をドライカレーと呼ぶという認識だ。珊瑚礁のドライカレーは昔ながらのピラフ風で、さらにカレールウまでかかっている。

かつては、ビーフサラダやドライカレーに加えてガーリックポテトやアンチョビポテトまで頼んでいた。若者の食欲ってすごいなあと我ながら思う。それでもウエストは今よりふた回りは細かったのだ。

年齢を重ねるとともに、自分の中では珊瑚礁の位置づけが変わっていった。憧れの大人の味から、自慢の地元の店、鎌倉に帰ってきてからは、日常のメニューというふうに。

それは、ずっと変わらずここに珊瑚礁が存在していてくれるからだ。変わらずに、と書いたけれど、そう見えるには、小さな進化をたくさんしていることだろう。

珊瑚礁を経営する武内郁さんは幼稚園と小学校の同級生。野球少年でかけっこが速かったカオルくんはよく目立つ人気者だった。私もけっこう足が速かったので、お互いクラス対抗とか学校対抗のリレーの代表でバトンを渡したこともあった。私は勝手に、カオルくんは野球選手になるのかと思っていた。

彼のご両親は元々、極楽寺で牛乳配達の店を営んでいた。あの頃は、毎朝、瓶に入った（紙パックではない）牛乳が届くのが日常の風景だった。お父様はカレーを作るのが得意で、バターや牛乳、生クリームをふんだんに使ったカレーのお店「雪印パーラー珊瑚礁」を出したのが始まりだった。

本店前の遊歩道の椰子の木は、開業当時、お父様が植えたものだそう。2メートルだったものが今では8メートル。重ねてきた時間が目に見える、最高のインテリアである。

先日、カオルくんが本店だけのメニューだという「ビーフカツカレー」をすすめてくれた。カツカレーなんて何年ぶりだろう。今の私にはちょっとヘビーかなあと戸惑いつつも注文すると、全然、部活っぽいものではなく、レア気味のカツが大人向けで難なく完食した。たまには自分の定番を崩してみるのも楽しい。

カロリーを消費するために歩いて帰ることにした。七里ヶ浜の坂を下りていくと、心地よい潮風に包まれた。プリンスホテルの前辺りで制服姿の自分とすれ違った気がした。

日常着の店で味わう
こぼれ雲丹のファンタジー

打ち合わせがてら東京から編集者がやってくる時、お寿司屋さんをリクエストされることが多い。海のそばに来るのだから、魚を楽しみたいのだろう。けれど、意外にも鎌倉にはいい寿司屋が少ない。などと偉そうに書いてみたけれど、一体いい寿司屋ってどんなお店だろうか。

由比ヶ浜通りの「かまくら小花寿司」に行って、その答えが少し見えた気がする。

同店は昭和五十一年に開業した、いわゆる〝老舗〟である。生前の夏目雅子と伊集院静氏が結婚時代に贔屓(ひいき)にしていたことで知られている。さらにさかのぼれば、長谷に住んでいた川端康成の奥方が通っていたという。鎌倉の飲食店についてあれこれ書いている私は、東京および鎌倉の友人にしょっちゅう聞かれる。

「小花寿司って、どう？」

その度にあいまいに誤魔化した。訪れたことがなかったから。

鎌倉のことをよく知っているつもりだから、古くから由比ヶ浜通りにある寿司屋にいったことがないとはいいにくい。ずいぶん昔に、センスを信頼している知人が一度行ったことがあったが、それっきりだと聞き、私もなんとなくそれに従っていた。鎌倉にはしょっちゅう新しい店がオープンするので、そちらに行くのに忙しいせいもあるにはあった。

けれど、ある夏の午後、暑さで食欲がなくなり口が不味くなって、こういう時にはお寿司が一番と小花寿司に向かった。この際だから（というのも大袈裟だけれど）自分の目と舌でこの店を体験してみようと思った。

古びた暖簾と使い込まれた引き戸、入って右手には六席のカウンター、左手の小上がりはテーブルが二卓。いたって普通の作りである。カウンターの中には、一目で親子とわかる顔立ちの似た二人の握り手。

まずビールで喉を潤して日本酒を頼み、大将とあれこれ相談しながらつまみを楽しんだ。イワシや貝類を何種類か食べたと記憶している。すっかり食欲が戻ってきたタイミングで握りに切り替えた。地のものであるアジはやっぱりおいしくて、アジは鮮度が何より大切ということを再確認したのだった。他、握りでも貝類を頼みイカを味わって、中トロ、軍艦巻、最後にキュウリの巻物。そう、至って〝普通〟の楽しみ方だ。

雲丹が大好きだと大将に伝えると、

「もう一回、行きます？」

もちろん大きくうなずいた。

二度目に出てきた雲丹は軍艦巻ではなく、握りだった。だいだい色に輝く雲丹は今にも酢飯からこぼれ落ちそうである。あわてて食べると、本当においしかった！　言葉の仕事をしているのにあまりにも普通の表現だけれど、このおいしさに着飾った言葉は不要だし、雲丹が大好きだからこそ正直に心の内を記したいのだ。私の雲丹愛をわかっていただけただろうか。

「おいしいです」

興奮してそういうと、大将は軽く頭を下げて笑った。この雲丹の握りを勝手に「こぼれ雲丹」と名付けた。

私はこういうやり取りをしながら味わう寿司が好き。ショーケースの中を見ながら質問して、気分やら体調やらと相談し、目先の欲望をちまちま埋めていくように注文するのが、寿司本来の醍醐味だと思う。

今や、一口に「寿司屋」といってもいろいろなタイプがある。

最近話題にのぼるのは、食材もインテリアも凝りに凝っていて、品書きは驚くような値段のお任せのコースのみで、お酒のペアリングコースも用意されている、そういう店だ。たいてい「〇ヶ月先まで予約が取れない」という形容詞がつき（〇年先まで予約でいっぱいなんていう店もある)、もちろん出前なんかやっていない。握りの前に趣向を凝らしたつまみというか前菜が何品も続き、場合によっては握りが最後の〆扱いだったりもする。寿司が進化した一つの形なのだろう。非日常のエンターテインメントである。

もう一方で、回転寿司というスタイルもすっかり市民権を得た。もはや専門店ではなく、唐揚げやらプリンやら天ぷらやらまでがベルトコンベアで運ばれてくる。こちらもまた、非日常を演出することが優先されている。

どちらも楽しいいし、私も時々足を運ぶ。超高級店も回転寿司も否定するつもりはまったくないけれど、私が理想とする寿司屋はあくまでも普段着の店。ぴりぴりするような大将のカリスマ性も、どきどきするような過剰なショーアップも要らない。元々は江戸時代のファーストフードだった寿司の、その気軽さをさりげなく継承している雰囲気があるところがいい。何ヶ月も先ではなく、その気になったらすぐ入れなくてはならない。

小花寿司から出前をとることもある。ここのちらし寿司は二段のお重で供される。開業以来の品書きだそうだ。寿司飯には錦糸卵や海苔、胡麻におぼろがかかっていて、刺身は別の重に盛られている。お酒を飲む場合は刺身をつまみに飲んで、後から寿司飯を楽しむこともできる。あくまでも食べる側の都合を優先してくれるのが、私なりのいい寿司屋の条件なのである。

鎌倉で味わう京都

「創作和食」という言葉が苦手だ。地図でしか知らない遠い国の料理であればこちらも裸の味覚で接することができるが、日本料理もしくは和食と称されるものには伝統の味わいが予見されて、「創作」という言葉に何か怪しいものを感じてしまう。接し方がわからない。

行く度に、日本料理の良さを思い知るというか、きちんとした日本の料理を食べたなあと実感する店がある。由比ヶ浜通りにある「一平」だ。場所は包丁専門店「菊一」の隣。すばらしい研ぎをしてくれる包丁屋さんで、一平と菊一の並びは鎌倉に住んでいて良かったなあと感じる風景である。

カウンター九席だけの小さな店だが、天井が高く開放感のある空間だ。お料理は、先付け、お造り、お椀、焚き合わせなどのコース一種類のみ。最後の〆は、炊き込みご飯でも蕎麦でもなく寿司。握りを五貫、最後は棒寿司。

こうして書き始めてみて、一平のすばらしさを具体的に言葉で伝えるのはなかなかむずかしいと気がついた。こちらの個性は饒舌に語ることを良しとしないのだ。どのお料理にも強い主張があるわけではないのに、一品一品がくっきりと美しい輪郭を持っている、といったらいいだろうか。

店主の一平さんは鎌倉の隣の逗子市出身。京都の「たん熊」で十八年間、修業した。野菜は主に京都から取り寄せていて、魚介類は特別なもの以外は相模湾のもの。種類が豊富な魚をよりたくさん味わえるように、コースの〆は寿司になった。刺身だけだと量が食べられないから、とのこと。

葉山在住の友人いわく、「ここがあればわざわざ京都に食べに行かなくていいじゃない」。彼女はニセコに越していったが、時々、一平で食事をしに、鎌倉に遊びに来る。

一平では、春になるともろこ、初夏には鮎、その後は鱧の時期が続き、十一月初めに解禁になると香箱蟹を味わえる。

鱧の時期に三回続けて行ったことがあったが、三回とも別々の調理法だった。寿司、お椀、それからフライ。フライはウスターソースで味わった。一平さんによれば、鱧は百種類もの調理方法があるそうだ。そのうち鱧の柳川を食べてみたい。微妙な季節の変化を舌で知るのは楽しい。

コース以外に、すっぽんの鍋や焼き魚を追加できる。一人前の鍋ですっぽんを出すの

はたん熊のスタイルで、一年を通して注文できる。寒い時期はもちろん、暑い時期に汗をかきながら味わうのも悪くない。

一平に来たからには名物のすっぽん鍋を毎回でも食べたいところだが、焼き魚にノドグロがあるとそちらにも心を奪われる。この魚のおいしさは、脂ののった濃厚さと白身らしい淡白な味わいの絶妙なバランス。だからこそ、信頼できる料理人のもとで味わいたい。

ちなみに、ノドグロが一躍人気食材になったのは2014年の秋のこと。あの年、テニスの錦織圭選手がシングルスでは日本人で初めてグランドスラムの決勝に進出し、アメリカから帰国した際に何を食べたいかと聞かれ、「おいしいノドグロが食べたいです」と答えたのだ(惜しくも敗れたけれど。私はテレビの前で張り切って応援しすぎて、過呼吸になった)。ああ、錦織選手に一平のノドグロを食べさせたい!

普段は夜だけの営業だが、お正月の三ヶ日は午前中から御節を出す。鎌倉市内の中心部はものすごい混雑になるので、由比ヶ浜通りは一日から三日まで交通規制がある。江ノ電はぎゅうぎゅう詰めだ。なんとしてでも一平の御節を食べたい私は、小一時間かけて歩いて行ったり、規制内居住で通行許可証を持っている友人に車を出してもらったり、毎年あの手この手で出掛けている。

ここの御節で生まれて初めて「白味噌のお雑煮」を食べた。うちは私が子供の頃からずっと鴨肉と明日葉の若葉の入ったすまし汁のお雑煮だった。おみおつけのようなお雑煮の体験は不思議で、おもしろくもあった。

化粧室はその店の何かが垣間見れる場所だが、ここは垣間見れるどころか、店主の頭の中の一部がそのまま置いてある。奥の壁いっぱいが本棚で、料理関係の本がずらりと並んでいるのだ。『乾山の芸術と光琳』や『京味の十二か月』、『焼とり串かつ串料理』なんていうのもあった。辻嘉一さんの本もたくさん。「読みたい本がたくさんありますというと、「家にはあの何倍も本があるんですよ」とのことだった。

数年前から、カウンターの中にレコードプレイヤーと数十枚のレコードが置かれるようになった。壁側には真空管のアンプもある。一平さんはジャズが好きで、店でもレコードでジャズをかける。調理の合間に、さっと濡れ布巾で手を拭い、レコードに針を落とす。一連の仕草はとても自然で、「日本料理店で店主がＤＪをしている」というエッジィな感じは皆無。一平さんにはきっと、何か変わったことをして客を驚かせようという魂胆はなくて、ただ好きな音楽を流したいだけなのだと思う。だから、奇異な印象はない。そして、何より料理が正統派だから。

和菓子の暦

宝戒寺近くの「美鈴」は私にとって暦のような存在だ。ここの月替わりの菓子に季節を教えてもらう。

車の多い表通りから一本入った静かな道を進み、さらに右に折れた細い道を入ったところに店はある。細い道路には玉砂利が敷かれ、真っ直ぐに飛び石が置かれている。手入れの行き届いた細い道を歩いていると、それだけで小旅行でもした気持ちになる。

私の一年はここの「花びら餅」で始まる。美鈴の花びら餅は二種類あって、ゴボウと味噌餡、ゴボウとあずき餡、それぞれ餅と求肥で包んだ、新年の菓子だ。大晦日、年越し蕎麦とこれを買いに行く。暮れから三ヶ日にたくさんの人が訪れる鶴岡八幡宮も近いので、午後の早い時間に済ませるように気をつけている。

元旦にはお雑煮の後、濃い目に玉露をいれて花びら餅を味わう。一年の始まりの味覚である。

二月の「をさの音」は甘く煮たゴボウに餡子が巻かれ、砂糖がまぶされたもの。織物に使う糸巻きの形に見立て、織り機の音という意味で、をさの音という。コクのある甘さを味わうとああそろそろ寒さも終わるなあと思う。

「昇鯉(しょうり)」はとてもシンプルで、水色の求肥に蜜で煮た大角豆が散らしてあるだけ。五月の菓子だ。この味は春の盛りともうすぐ来る夏を思わせる。ちなみに大角豆は「ささげ」と読む。小豆によく似た豆だが、小豆よりも破れにくいため、関東では赤飯に使われることが多いそう。緑がかった水色の求肥は空に見立ててあって、豆が鯉のぼりではないだろうか。

お菓子に限らず、見立てという日本の文化が好きだ。作る側の発想に受けて側の想像力が加わって成立するところがいい。しゃれをきかせることは、贅沢な遊びだと思う。

面白いのは八月。真夏だというのに月のお菓子は「吹雪」という名前なのだ。

丸い饅頭に吹雪に見立てた砂糖がまぶされている。饅頭の皮にはほんのり醤油が塗られていて、砂糖と醤油の対比がおいしい。いわゆる、甘じょっぱい味である。夏の暑い盛りに、熱い日本茶で吹雪を食べる。

九月は「流鏑馬(やぶさめ)」だ。鶴岡八幡宮で走る馬の上から矢を放って的に当てるのは、鎌倉の秋の大切な行事である。竹串に刺した長方形の求肥に紙が巻きつけてあって、そこには矢羽根が描かれている。インテリアにしたいぐらい美しい。求肥は白餡に卵の黄身を混ぜた黄色いものと、小倉餡のこげ茶色のものがある。

なんといってもオススメなのは十月の「栗羊羹」。名前も形もなんのひねりもしゃれもないのだが、一本すべてが黄金の羊羹だ。白餡を使った羊羹の部分に栗をすりつぶして混ぜてあって、その上ごろんと栗も入っている。私ならこれ、金塊に見立てるかなあ。つい発想が下世話になってしまって悲しい。光り輝く見かけだが、味わいはうっすらとはかなげな甘さが印象的だ。

煮る前に栗の渋皮を剥く作業がかなり大変だそうで、ある秋の日の午後、「いつまでこれを続けられるかしらねえ」と女将。この羊羹がなくなるのは困ると思った私は、前のめりに「十月だけ、お手伝いに来ます」と志願したのだが、「あれは大変ですよ」とやんわり断られてしまった。多分、戦力にならないというご判断だろう。

十二月は「木枯」。三角に作った餡子の棹物で、これは合掌造りの屋根とそこに降る雪に見立てたもの。私の家も、私が十五歳の時、福井県の農家から大きな梁が運ばれてきて、家の半分が合掌造りに改築された。十二月にお客様や友達が来る時は、お茶請けに木枯を出してそんな話をする。赤い紙と白い薄紙に包まれた合掌造りのお菓子にご縁を感じるのだ。

美鈴の上生菓子を味わうと、日本の生活は四季とともにあるのだなあと思う。鎌倉の手土産を買うなら、まずここに足を運ぶことをオススメする。

AUTUMN

—

秋

カフェでも喫茶店でもない空間
鎌倉山の一枚の木の葉

鎌倉山の「ハウス オブ フレーバーズ」は料理研究家のホルトハウス房子さんが営む洋菓子の店。中でもチーズケーキは代名詞的な一品である。クリームチーズとサワークリームが二層になっていて、シナモンの効いた生地がそれを包んでいる。濃厚な味わいやしっとりとした感触は、口にする度にクラシカルなものの良さを思い出させてくれる。値段も含めて「日本一のチーズケーキ」と言われている逸品だ。

何十年も前、私がまだ学生だった頃、鎌倉山にあるホルトハウスさん宅のパーティに家族で行ったことがある。外国の方もたくさんいらして、はなやかな集まりだったのだが……。

会場となった部屋には、谷に向かって大きなガラス戸があった。野外好きの母はテラスに出て、一人で暮れていく谷戸（やと）を眺めていた。

ガラス戸の向こうがだんだんと紺色に染まって、いよいよご馳走が並べられ、さあ、これから、という時、テラスの方から「ご～ん！」と分厚く大きな音がした。なごやかな雰囲気は遮断され、みんなが驚いてテラスの方を向くと、うちの母がおでこを押さえてうずくまっていた。

そそっかしい母は、戻ってくる時、誰かが閉めたガラス戸に気がつかなかったようだ。あまりにピカピカに磨かれていたので。

「テラスのガラス戸にぶつかったのは、幸子さん（うちの母）と野鳥ぐらいよ」

ホルトハウスさんはそういって、笑った。

私邸も隣のハウス オブ フレーバーズも鎌倉山の急な斜面にある。店の奥は一面ガラス張りで鎌倉山の谷戸が見渡せる。鬱蒼（うっそう）と繁る緑の中、そこだけ浮いているような空間といったらいいだろうか。この景色はわざわざ訪れる価値がある。

ご自宅と同じように、ここのガラスも常にきれいに磨かれている。建てる時、急斜面の窓ガラスの掃除は危ないからプロに任せることという約束を建築家の方と交わし、全面ガラス張りになったそうだ。母がぶつかったガラス戸は前日にプロの手によって磨かれたばかりだった。

建築を手がけた齊藤裕（ゆたか）さんはほとんどの作品が個人宅。彼の作品を私たちが体験できる貴重な空間がここだ。店を作る時、ホルトハウスさんからの唯一の注文は「葉っぱみたいにして欲しい」だったという。

いわれてみれば、この店は谷戸の急斜面にふんわりと引っかかった一枚の木の葉のよう。

店の中央には、緩やかな曲線を描いた一枚板のカウンターがある。胡桃の木で、エレガントな曲線は自然のもの。建築家は最初にこれを見つけ、この曲線に合うように空間を設計したという。これ！と思うものを生かすために他が存在しているのだ。

毎年、秋になると楽しみなのが限定メニューの「マロンシャンテリー」。年に二日間のみ、店だけで味わえるメニューである。何度も裏ごしした栗の中にぶどうが隠れていて、生クリームがマロンを囲むように添えられている。ハウス　オブ　フレーバーズらしく味はしっかりと濃厚、なのに食感は幻かと思うほどはかない。軽いのではなく、はかないのだ。これを味わった後は、口の中と心にいつまでもその残像が漂ってしまう。私は甘いものは一度にたくさん食べられないのだが、これはお代わりしてしまったこともある。追いかけても追いかけても、もっと知りたいという気持ちになる。

マロンシャンテリーの日数をもっと増やしたらとホルトハウスさんにお願いしたところ、「そんなことをしたら職人さんの手首が

持たないのよ」とのこと。それぐらい何度も何度も栗を濾すのだそう。だから、はかないほど軽いのか。

マロンシャンテリーが終わると、サンクスギビング・デーからフルーツケーキが発売される。八月に各種のフルーツやナッツをそれぞれに合ったお酒に漬けておき、八月終わりから九月になったら焼いて、コニャックをふりかけて密封し、寝かせておかれたものだ。

ヴァレンタインには毎年、お世話になった方にこちらのチョコレートケーキやチョコレートブラウニーを送る。

暖かくなってきたら、春の限定メニュー「オールドファッションストロベリーケーキ」。これもまた二日間のみ。さくさくの生地を崩しながら、時々、添えられた生クリームをかけたりして、煮詰めた苺を味わう。

夏には生姜の味がしっかり効いているジンジャーゼリーが待っている。鎌倉山の洋菓子には四季折々の楽しみがある。

菓子を持ち帰る時のショッピングバッグは少し緑がかった明るいブルー。イラストは故・金子國義さんだ。買い物をする度にわくわくする。

２０１９年11月23日で、ハウス オブ フレーバーズは二十五周年目を迎えた。入れ替わり立ち替わり、いろいろな飲食店ができては潰れていく鎌倉で、すごいことだ。当日、ホルトハウスさんにささやかなお祝いの品を届けに行ったら、ご自宅でショートブレッドをご馳走になった。小麦とバターだけのシンプルなものなのに、いつまでも心に残る味わいだ。ホルトハウスさんはいった。

「余計なものが混じっていなくて、きちんと手がかけられていて、空気が入っているってことが大切なのよ」

そんな文章を書きたいと思った。

箸で手打ちパスタ お椀でアクアパッツァ

ほんのふた昔前まで鎌倉界隈にはイタリアン・レストランなんてわずか数軒だったのに、今では比喩ではなく正確に数えきれないぐらいたくさんある（開業したかと思うとあっという間に閉店してしまう店も少なくないので）。ドレッシーな店から気軽なワインバー的な店まで、それぞれが個性を競い合っている。個性がないと生き残れないのかもしれない。

かつて、腰越（こしごえ）に「ロアジ」というイタリア料理の店があった。江ノ電の腰越駅から歩いて数分、ドアの向こうに細長い空間が広がっている作りだった。「腰越のイタリアンがおいしいらしい」と聞きつけて、ある冬の土曜日の夜に出かけた。たまたま隣のテーブルに友人のグループがいたりして楽しかったし、何よりおいしかった。ダイナミックで男っぽい料理という印象を持った。

数年後、そのロアジが江ノ島に移転した。江ノ電の江ノ島駅から江ノ島に抜けるスバナ通りという、観光客の多い道沿いだった。この通りには旅館や射的場なんかもあって、古き良き観光地の雰囲気がある。

今度はシェフの秋月さんと仲が良いという近所の友人と連れだっていった。観光客がひしめく場所だけれど、ここには地元の常連たちが集っていた。適度にカラフルで程よくカジュアルで、たいていの人がイタリア料理店に求めるものがかっこよく収まっていた。

友人いわく魚料理がオススメとのことで、メニュー選びは彼女に任せた。相変わらず輪郭のはっきりした料理で、料理も会話もワインも存分に楽しんだ。ロアジはだんだん評判になり、噂を聞きつけた東京の友人からこの店に誘われたこともある。食べ歩き好きの人からは、店名だけでなく秋月さんの名前もよく聞くようになった。

ところが、２０１８年の春にロアジは閉店してしまった。秋月シェフには、席数を抑え一人で手が回る範囲で妥協のないレストランをやりたいという思いがあるとのこと。新鮮な魚介類が手に入りやすい小田原の早川に新しい店舗の目星がついていると聞いた。

江ノ島の最後の日、件の友人一家とランチに出かけた。金目鯛やひらすずきのカルパッチョや桜海老と春キャベツのパスタ、穴子の蒸し煮などを堪能し、シェフに「早川のお店には一番乗りしますね」としつこいほど何度も伝えて、店を後にした。

夏頃に開業するとのことだったけれど、音沙汰を聞かないうちに冬になった。たまにスバナ通り近くに用事があってロアジ跡地の前を通ると、なつかしさとさびしさを感じたりもした。

秋月シェフの新しい店「Akizuki（アキヅキ）」が、小田原ではなく北鎌倉になったというニュースを知ったのは年明けだった。

円覚寺に父や義妹が眠るお墓があるので、境内に駅がある北鎌倉には定期的に訪れる。ここは海沿いとはまた別の「鎌倉」だ。ひっそりしているのに威厳がある、といったらいいだろうか。円覚寺の他には同じく鎌倉五山の建長寺や浄智寺、あじさい寺とも呼ばれる明月院などがある。ちなみにサーフショップは一軒もない。

北鎌倉というロケーションを含めてAkizukiというレストランは始まってい る。駅前のメインの通りから一本奥まったところにあって、紺色の七宝焼の小さな看板が足元に置いてあるだけ。店名の横には三日月が描かれている。

こんなふうにひっそりと佇んでいる店は、ロアジとはまったく別のキャラクターだった。ダイナミックに対して繊細、カラフルに対してシック、明るさに対して陰翳。そうか、江ノ島の人気店を閉めてまでやりたかったのはこういうスタイルだったのか、と思った。一人の料理人のこうした進化を体験できるのは楽しい。

何よりこの店の特徴を物語っているのは箸ではないだろうか。イタリア料理店なのだけれど、箸が用意されている。手打ちパスタだって箸で味わう。器も和食器を多用していて、大葉がのせられたアクアパッツァがお椀で出てきた時は驚いた。

店内はL字型のカウンターとテーブルが一つ。カウンター席に座って料理人の仕事を拝見しながら味わえるオープンキッチンは、日本料理店で時々見かける作りである。いってみれば料理人のライヴだ。

味覚も設え(しつら)も内装も、イタリア料理と日本料理の間を微妙なバランスをとりながら

進んでいる。けれど、ここがやっぱりイタリア料理の店だと思い知らされるのはワインの種類の豊富さと量だ。化粧室の手前がワインの倉庫になっていて、そこにはおびただしい数のワインやグラッパが並べられていて、インテリアのいいアクセントになっている。

最近は、フレンチとイタリアンの境目やフレンチと日本料理の境目や、もしくは中華料理と日本料理のそれや、いろいろな国の料理の境界線が緩やかになってきている。頭の固い私には戸惑うことも多いけれど、明確なイメージの下に境目を取り払われたのなら、それは確固たるスタイルなのだ。

先ほど北鎌倉というロケーションも含めてのレストランと書いたけれど、秋月という苗字も含めたい。まさしく秋の月のような佇まいの店だ。

コーヒーは生活の句読点であり仕事の必需品です

パソコンの横にコーヒーが注がれたカップと水が入ったグラスがないと、原稿を書き始められない。いれたてのブラックコーヒーを一口か二口味わってから、キーを叩き始める。私にとって儀式のようなものだ。もしくはおまじないというか。コーヒーは私にとって大切な仕事道具であり、生活の句読点であり、健康のバロメーターでもある。

コーヒーの豆を買うのは鎌倉駅東口近くの「カフェ・ヴィヴモン・ディモンシュ」。おしゃれなおじさん二人が描かれた緑色の看板が目印だ。ここは1994年4月のオープン以来、長く愛されている。平日でも行列ができているのはめずらしくない。

店奥のカウンターでは十数種類のコーヒー豆が売られている。

産地はグアテマラ、エチオピア、ホンジュラス、ニカラグア、ブラジル、ペルー、インドネシアなど。それぞれ「チョコレートのようなビター感があり焼き菓子にぴったり。ミルクにも合います」とか「一番人気のある中煎りです。メロンパンのような香

り」とか、短い説明がついている。買ったことのある豆でも改めてどんな香り&味なのか興味をそそられ、いつも迷ってしまう。こげ茶のパッケージに手書きの金色の文字で産地や銘柄が書かれている。封を開けるとそのまま保存容器になるタイプだ。スペシャルなもののパッケージは黒、季節限定のものは赤、他に白やベージュもある。

豆以外にもコーヒー周りのものはほとんど揃う。コーヒー豆と一緒に電動のミルとドリップポットを買って、コーヒーの醍醐味は時間だと思った。豆を挽きながら香りを楽しむところから、コーヒーの楽しみは始まっている。

鎌倉きっての観光エリア・小町通りのほど近くにあるが、ここの賑わいは観光地的喧騒とは雰囲気が違う。豆を買いがてら、一人でお茶を飲んだり、ランチを取ることもある。

私が好きなメニューは「ムケッカ」。ブラジルの魚介シチューである。魚介の他にトマトやにんにく、玉ねぎなどを水を使わずに煮込むのが特徴だとか。ココナッツミルクの風味とパクチーがきいていて、辛くないタイカレーといったらいいだろうか。薬味にはヤシの芽のピクルスやライム。ブラジルのピメンタという辛いソースも供されるので、好きな味に変えながら食べるのが楽しい。

ムケッカそのものはマイルドなのだけれど、後を引く味である。ここ以外で食べたことがないせいか、メニューを見る度にあの味を反復したくなる。もっと知りたくなるのだ。とろとろのオムレツやお店のシンボル的メニューのワッフルと迷っては、結局ムケッカを注文してしまう。

ちょっとしたカルチャーショックだったのはアイスコーヒーだ。

正直なところ、コーヒーとアイスコーヒーは別の飲み物だと思っていた。アイスでは本来のコーヒーの醍醐味は味わえないとタカをくくっていたのだ。でも、ディモンシュのは違う。時間をかけて水出しされたコーヒーはゆっくりじっくり味わうためにある。氷もアイスコーヒーを凍らせて作ってあるので、溶けて味が薄まることがない。その氷がコーヒー豆の形をしているのもおもしろい。細部まで手を抜かないってかっこいいと思う。

化粧室にはその店の個性がこぼれている、そんなことをしょっちゅう書いているが、ディモンシュの化粧室にはポスターやフライヤーがいっぱい。映画や本の宣伝だったりイベントの告知だったり。文化の発信の場になっている。いっておくが、やたらと常連が幅をきかせている喫茶店やスナックみたいな空気は皆無。でも、この店の、というか店主の堀内隆志さんのセンスが一つのきっかけになって、情報が集まってくるのだ。さりげなさの定義や心地良さは人それぞれだが、私は堀内さんが作り出すさりげなさを心地よく感じる。

ここで行われたグアテマラのコーヒー豆を飲み比べ&グアテマラ料理のランチというイベントに参加した。

コーヒーの果実は赤いことや、グアテマラという国は常春ということを知った。コーヒーが元は赤かったなんて、驚いた。

地図とスライドを見ながら解説を受け、いろいろな地方の農園のものを味わった。中でも、インヘルトという農園のコーヒーは格別だった。独特の風味で、年代物の赤ワインみたいな味わいなのだ。ディモンシュでも販売されているが、200gで5000円とかなり高価である。自分へのご褒美というダサいフレーズは苦手だが、何かの記念に買いたいと思っている。店では一杯950円で味わえる。

ヴィヴモン・ディモンシュという店名はフランソワ・トリュフォーの映画から。日曜日が待ち遠しい、との意味だ。

このしゃれた店の名前をはじめて私に教えてくれたのは東京の友人だった。あれは開業して間もなくだった頃である。おしゃれ番長的なキャラクターの友人に、鎌倉に家があるのにディモンシュを知らないなんて信じられない、とかなんとかいわれたのだ。友人の圧のかかった物言いとおしゃれな店名に気後れして、すぐには足が向かなかった。コーヒー豆を探している時にふと思い出し、ここのドアを開けたのだった。最近では、まるで開店当初から通っているような振りをしている。

新しいカフェやらレストランやら数多の飲食店ができてはなくなっていく小町通り。最近、そのスピードが早まっている気がするのはこちらの年齢のせいだろうか。せめて二十年は開業していて欲しい。ディモンシュみたいにね。でないと、街になじまない。

今はなき丸山亭の流れをくむ一軒

母に膵臓癌が見つかったのは、母の誕生日の直前だった。検査を担当した医師がすぐに執刀医の手配をしてくれて、告知から約二週間後には開腹による大きな手術をすることになった。八十四歳の誕生日前の週末は、入院の準備であわただしく過ごした。

いつも散らかしっぱなしの母だが、自分の身の回りのものを簡単に整理したいという。自宅に戻れるのはいつになるかわからないから、といわれた時は返答に詰まった。体調によっては、段差の多い日本家屋での生活は再開できないかもしれないと私は思っていた。入院の準備はおおよそ整い、夜は外で食べることになった。

「何が食べたい?」という私の問いに、母はこう答えた。
「渡部さんのところに行きたいわ」
渡部勝さんは「ブラッスリー・シェ・アキ」のオーナー兼支配人。なのだけれど、私と母にとっては「丸山亭の渡部さん」でもある。「丸山亭」が閉店してしまった今でも。

丸山亭は私が高校生になったばかりの1980年、紀ノ国屋のはす向かいに開業した。鎌倉で初めてできた本格的なフランス料理の店で、家族のいきつけの店だった。誕生日やお祝い、節目の日は丸山亭が多かった。私は、カビのついたチーズも鳩も鴨も、ここで初めて口にした。人生初の赤ワインを選んでくださったのは渡部さんだった。

2013年の秋に父が亡くなり、年が明けると丸山亭オーナーの丸山さんが亡くなり、春になると丸山亭は閉店した。その年の夏、支配人の渡部さんがそこからほど近い場所に開業したのがシェ・アキである。シェフをはじめとする丸山亭のスタッフがそのままこちらの店に移った。丸山亭時代より少しカジュアルになって、ワインバー

として使えるカウンター席がある。
その夜、母と私が店に入ると、いつものようににこやかに渡部さんが迎えてくれた。母が手術のことを告げると驚き、表情が一瞬こわばった。
母は数年前にも肺癌になり、それは克服した。父は、直腸と胃とリンパの癌、肝臓の癌を患ったが、亡くなったのは老衰だった。そんな経験から、今時、癌だから終わりでは決してないことはわかっているけれど、膵臓癌はむずかしい癌である。こうして母が外食を楽しむのは最後になるかもしれない。
父が好きだった「前菜の盛り合わ

せ」、「海の幸のサラダ仕立て」、「キャレダニョー」を注文した。「キャレダニョー」はパセリが刻まれたパン粉と一緒に焼かれた仔羊。私は、羊の肉も丸山亭で初めて経験した。

斜め向かいのテーブルには、小学生と中学生ぐらいの女の子二人とその両親が食事を楽しんでいた。女の子は、皿が運ばれる度に、これなあに?と両親にたずね、緊張と期待に満ちた表情で味わっている。

「りり子の子供の頃みたいね」

母が懐かしそうにいった。その一言で、父も母も健康で、私たちがまだ若者だった頃の光景をたくさん思い出した。

仔羊を食べる時、グラスの赤ワインを頼んだ。昔と同じように渡部さんに赤ワインを選んでもらい、香ばしい仔羊を口にする。父がしていたように、デザートの前にはチーズの盛り合わせも楽しんだ。正直いうと、楽しむなどという心境ではなかったが、楽しもうとした。あの頃のように。

店を出る時、母は渡部さんにいった。

「元気になって、また来ますね。渡部さんもお元気で」

それから十日後、母は膵臓を三分の一と十二指腸を摘出して、二ヶ月半入院した。長くベッドに寝ていたせいで足腰が弱り、退院後に家の居間で転んで右手を骨折してしまった。外食どころか箸も握れず、普段の食事もままならなかった。それでも少しずつ回復して、一人で散歩に出かけられるようになった。家の前の坂道を用心しながら下って、お茶を飲んだら時々休みながら上り、帰ってくるのが日課である。

まったく元の生活に戻れたわけではないけれど、手術から半年後、母と一緒にシェ・アキに行った。渡部さんが前と同じように迎えてくださって、結局、また、「海の幸のサラダ仕立て」と「キャレダニョー」を注文した。どうやら、家族の記憶という調味料がシェ・アキの皿にかかっているようだ。

ここに来ると、つい、いつも同じオーダーをしてしまう。予約の電話の時は、新しいメニューも試したいと思っていても、席に着くと、やっぱりいつものにしよう、となる。でも、それがいいのだ。

目新しいこと、めずらしいこと、凝っていることばかりが楽しいわけではない。記憶に馴染んだいつもの味が、また新しい記憶を作ってくれる。「予約が取れない」というフレーズに踊らされるのが恥ずかしくもなる（そういうのも嫌いではないけれど）。

FOODIEと呼ばれる人たちが競って席を埋める流行りのレストランにはない落ち着きがここにはある。

前衛的なカカオの実験室
未来からやってきたのかもしれない

御成通りは中学校時代の放課後の場所だった。

部活動から早々と脱落した私は、学校の帰りに少し遠回りをして、この通りであちこち寄り道をした。同級生には実家が洋服屋や喫茶店やおもちゃ屋をやっている子がいて、よく遊びに行った。喫茶店には当時大流行していたインベーダーゲームがあり、グラウンドで汗を流す代わりにUFOの撃墜に夢中になった。通りの端にあるおもちゃ屋は今でも営業していて、メンコやスーパーボールやおはじきといったなつかしいものを売っている。

鎌倉駅西口の左から由比ヶ浜通りまでの数百メートルが御成通りである。地元の人は東口を「表駅」西口を「裏駅」と呼ぶのだが、裏駅にある御成通りは地元の人の生活圏だった。

ところが、ここ数年、この通りに個性的でしゃれた飲食店が増え、それ目当ての客たちで賑わうようになった。ワインバーやサードウエーブコーヒー、アイスクリーム専門店に日本茶専門店などなど。「食べ歩き自粛条例」で話題となった小町通りでは飽き足らない人たちがこちらに来るようだ。

街は文化の入れ物である。かつての御成通りに慣れ親しんだ私はちょっとしたさびしさを感じるけれど、地元民としては街の成長を喜ぶべきだろう。変わらないことばかりがいいわけではない。何も変わらないままだと、朽ちていくだけ。それは後退である。

なんてことを、改めて考えたのは元は東日本銀行の金庫だったところにできた「ROBB」のカカオ・コースを体験したから。フランス料理でも日本料理でもない、カカオ料理である。それなりに食べ歩いてきたつもりだったけれど、まったく初めての味覚が次々と繰り広げられて驚いた。

コースのメニューにすべてカカオが使われている。例えば、ベーコンにカカオニブをまぶしてカリカリに焼いてあったり、野菜がカカオのビネガーで和えてあったり、茄子のステーキがカカオニブやカカオバターで味付けしてあったり。デザートの後には満を持してチョコレートが供される。完全予約制の一日四組限定。ランチのコースではなく、デザートのコースというわけでもない。甘味をフィナーレにした物語といったらいいだろうか。

ROBBがあるのはカフェ&チョコレートショップ「チョコレートバンク」の中。店の入り口にある大きなゴリラが目印の人気店だ。銀行時代は堅くて地味なイメージだった建物が明るく楽しげな空間にリノベーションされた。

チョコレートバンク内の右奥にある金庫用だった分厚い大きなドアを開けるとこちら側とは別の店になる、という仕掛けである。カラフル&ポップで、広々としていて、女の子の「kawaii!」をたくさん刺激してくれそうなチョコレートバンクとは打って変わってモノトーンがベースの小さな空間、何やら秘密めいた作りだ。

店名のROBBは銀行強盗＝BANK ROBBERからつけられた。金庫室は元々、所有者と強盗しか入れなかった。「ここにある夢や希望を盗んで欲しい」とい

う気持ちが込められているそうだ。夢や希望とは、つまり可能性ということだろう。

カカオの実験室のつもりでオープンされたというが、シンプルであろうとする意思的な空間は理系の研究室のようでもある。何もかもがチョコレートバンクと対照的だけれど、二店に共通するのが「カカオ」だ。ROBBやチョコレートバンクを経営する会社はコロンビアにカカオ農園を所有していて、カカオの質には裏付けがある。

こういう個性が、「古都」なんていう枕詞をつけられる鎌倉という街の、それも地元民の生活圏内の御成通りから発信されている。次の時代の定番は必ず今の前衛から生まれてくるものだが、もしかしたら今、次の定番の誕生に立ち会っているかもしれないと思うと、わくわくする。

一つの場所で全く別方向の個性の店が違和感なく共存している。

この空間には使い方がいろいろあって、チョコレートバンクに手土産や贈り物を探しにくることも多い。随時三十種類以上の生チョコレートが揃い、そのフレーバーが幅広い。白ワイン風味の「マスカット」や赤ワイン風味の「ボンジュール」、日本酒を使った「雪男」、「ジャスミン」「ピスタチオ」など。パッケージの色合いや絵柄もしゃれていて、渡した相手にたいてい「これ、どこのですか?」と聞かれる。

私が一番好きなのは塩の効いた「ＳＵＲＦ」。海をイメージさせる淡いブルーのパッケージだ。

ＲＯＢＢ&チョコレートバンクがあるのは、私が中学生の時から通っているロンディーノの斜め向かい。五十年前にロンディーノができた時だって、母によれば「何やら新しい店がやってきた……」と受け止められていた。果たして五十年後のＲＯＢＢ&チョコレートバンクは御成通りの老舗になっているだろうか。

銀座にも西麻布にも横浜にもこんなにかっこいいバーはない

海岸沿いで空と海を撮影するのが日課だ。インスタグラムには「#本日の空と海と江ノ島」というハッシュタグでその写真を載せている。同じような景色でも毎日少しずつ違う。季節、天気、時間帯によって、空や海の色とか質感とかが変わってくる。それによって江ノ島の表情も変わるのだ。

そんな江ノ島のほど近くにとっておきの一軒がある。

「Bar d」がそれ。バー・ディーではなく、バードと読む。

カウンターの向こうには白いバー・コートを着たバーテンダーが立つオーセン

ティックなバーだ。いわゆる正統派のバーだったら都会にたくさんあるが、ここは一味違う。窓の向こうに広がる片瀬川もその理由の一つ。水面を見ながら飲むウイスキーの水割りは格別だ。バーという言葉の持つ良い意味での閉鎖的な空気がここにはない。バーらしい落ち着きがありながらも、海のそばらしい開放的な感覚が染み込んでいる。相反する要素が溶け合っているのがここの個性なのだ。

黄色い壁を伝っていくとガラスに鉄格子が貼られた重いドアに突き当たり、その向こうには軽やかで色彩豊かな空間が現れる。ブルーグリーンの壁と大きな窓のステンドグラス、そしてラタンの椅子。店内はキューバをイメージして作られたそう。

この店の窓から見える景色は明るくて悲しい。

普通はバーといったら夜に行くことがほとんどだけれど、ここは明るいうちに訪れて、空に夜が染み込んでいくのを見ながらグラスを傾けるのが最高の使い方だと思う。

ここを訪れたら、必ず水割りを注文する。銘柄はいつもお任せ。

バーテンダーはバー・スプーンをゆっくりとていねいに回し、数分かけて水とウイスキーを一つのものにしていく。それをミキシンググラスに入れ氷と一緒にまた回し、少し冷えた液体だけを小さなグラスに注いでくれる。グラスは優雅な曲線を持ったバ

GORDON'S
DRY GIN
DISTILLERY.
LONDON.

カラのアンティーク。およそウイスキーの水割りに使われるようなタイプのものではなく、注がれた酒もそれまで私が見知っていた水割りとはまったく別の飲み物である。まるで水とウイスキーが最初から溶け合って生まれてきたようなのだ。

ウイスキーのヴィンテージは、例えば私が六本木のディスコで騒いでいた時代だったり、例えば背伸びをして学生鞄にボーボワールの『第二の性』を忍ばせていた時代だったり、あるいはサンタクロースにパンダのぬいぐるみをもらって喜んでいた時代だったり、実にさまざまな過去を水で溶かして味わう、そんな感じ。この良さは、六本木で遊んでいた頃の私ではわからなかっただろう。

四十を過ぎて、ナイトキャップに安いブレンデッドウイスキーに適当に水をぶち込んで夜を締めくくることを覚えた。そういうウイスキーもそれはそれでおいしいし、楽しい。この味を知っているからこそ、プロフェッショナルが技と気持ちを込めて作った水割りの良さもわかるのだと思う。

ウイスキーだけではなく、いろいろな種類のハードリカーのオールドヴィンテージが揃っている。五十年代と七十年代と九十年代のジンをステアしたマティーニを作ってもらったこともある。酒って時間を飲むものなのだと舌で感じた。

使った酒のボトルが目の前に置かれるが、そのどれもが本当に美しい。なんでもかんでも「昔は良かった」なんて年寄りじみたことはいいたくないけれど、量産の手段や技術が発達していなかった頃は一つ一つに文字通り手がかけられていたのだろう。曲線に余韻がある。オールドヴィンテージの酒はボトル込みで味わうのが正解。

いいお店を見つけたらつい人に教えたくなるのは、食べ歩き&飲み歩き人間の本能である。バードは、こうしたこだわりに自分よりも知識と関心のある人を連れて行きたくなる。「私だって、ちったあ、わかってるんですからね」という気持ちを込めて。品のないいい方をすれば、ここは店じゃんけんの切り札的な存在である。

先日、それとは逆に、若いエディターの女の子を誘っていった。彼女はワインばかりで、ウイスキーはほとんど飲んだことがないという。気分はすっかり『マイ・フェア・レディ』のヒギンズ教授。カウンターで得意気にウイスキーを語ってしまった。安易な知ったかぶりを教えたがるのは中年の証拠である……。

化粧室にはその店の思想が染み込んでいるというのが持論だが、ここのも一見の価値あり。友人知人を連れて行ったら必ず化粧室を覗くようにすすめている。しゃれた曲線の白いバスタブがあって、中にはマムの大きな6リットル・ボトルが横たわっている。私はバブルに向かっていた八十年代の東京を思い出したが、「キューバのよくあるアパートメントのバスルーム」がイメージなんだそう。

店名のバードはチャーリー・パーカーのあだ名から。オーナー&バーテンダーの田辺武さんはサックスも嗜むジャズ好きだ。カウンターの向こうにはレコードプレーヤーがあり、流れている音楽はすべてレコード。レコードの音にもオールドヴィンテージのボトルの曲線のような余韻がある。

いってみればお酒を飲むのは無駄なこと。だからこそ、欲するのではないだろうか。必要な栄養分だけでは心が弱ってしまう。酒を飲んだり、花を飾ったり、歌を口ずさんだり、恋愛の駆け引きでわくわくしたり落ち込んだり、人はそういうことで自分を人間たらしめているのだ。

記憶の中だけの「鎌倉の店」

子供の頃、海岸線の坂ノ下辺りに小さなレストランがあった。そこで食べた「アイスクリームの天ぷら」が忘れられない。熱々の丸い塊にかぶりつくと、中から冷たいアイスクリームがとろりと溶けながら口になだれ込んでくる。子供の私には手品のように思えた。母に頼んで家でも作ってもらったが、店のようにうまくはいかず、途中でアイスクリームが流れ出てしまった。

マリン風のインテリアのカジュアルでしゃれた店だった。まだ日本ではイタリアン、フレンチなどのジャンル分けはされていなかったけれど、「地中海料理」と括られるのだろうか。アイスクリームの天ぷらの印象が強くて他のメニューを覚えていない。私が大人になる前になくなっていた。

あの一品は、私が外食好き&食べ歩き好きになった源の一つである。食べたものの味や店の雰囲気は今でも鮮明に覚えているのに、店名さえ忘れている自分が情けない。日記でもつけておけばよかった。今ならネットで検索をかければ、閉店した店の詳細もすぐにわかるのだろうけれど、四、五十年も前のことだとさすがにわからない。

鎌倉駅東口前の大きなロータリー正面には正統派の洋食屋「フタバ」さんがあった。ここにも家族でよく行った。常連には文化人が多いと聞いた母は家族で行く前、子供と一緒でも大丈夫そうか、外から様子を覗きに行ったそうだ。私は銀色のプレートで食べるエビフライが好きだった。小さな本棚にはサザエさんがずらりと並んでいて、待ち時間にそれを読んだ。ビルの取り壊しで閉店してしまった。

西口のノアビル二階には「フィーリングスポット・フタバ」というブティックがあって、ソニアリキエルやアンヌ・マリー・ベレッタなどの輸入物からコム・デ・ギャルソンやアルファキュービックなど日本のものまで最先端のブランドの服が揃っていた。そのビルの上には黒っぽいインテリアの都会的なフレンチ「岡田亭」があった。脳みその料理が売りだった。父はめずらしいものを食べるのが好きで、家族で何度か行った。脳みそ料理を初めて口にする時は緊張したけれど、想像以上に美味だった。まだ八十年代のこと。ちょっと早過ぎたのか、ほどなくして店は閉められた。

小町通りの「大繁」という寿司屋は多くの文化人がいきつけにしていた。さっぱりと清潔感にあふれた、いかにも街のお寿司屋さんという雰囲気の店だった。大将が病に倒れられ、残念ながら閉店となった。

喫茶店の「門」があったのも小町通りがまだ地元の人のものだった頃だ。常連客には鎌倉在住の作家が多く、編集者との打ち合わせによく使われていた。開業は1969年。白くて四角い大きなソファ、同じく白くて四角い素朴なテーブルは昭和の良き遺産だったが、2013年幕を閉じた。

懐石料理の「味路喜」は板前も女将も東京の「辻留」出身。鎌倉では初めての本格的な懐石料理だった。うちでは毎年、御節を頼んでいて、女将が餅花と一緒に届けてくれた。小町通りに観光客が押し寄せるようになる少し前に店を畳み、「延楽」と名前を変えて代官山に進出した。その後、延楽も閉め、女将は今、「延楽梅花堂」の梅おばさんとして活躍している。

こうして書き出してみると、かつての小町通りは地元の人の生活の場だったなあとなつかしく思う。

鶴岡八幡宮の前の大通りにあったのは「リストランテ アリッチョーネ」。「ジョイア」のソムリエ飯田さんや「オルトレヴィーノ」の古澤夫妻など、この店出身のイタリア料理関係者が多い。その昔、母が新潟から鎌倉に観光に来た友人に、どこかイタリア料理の店を教えてと頼まれ、リッチョーネを推薦した。後日、お礼の電話がかかってきて、「どれもおいしかったけれど、スパゲッティに芯があって、そこが残念だった」といわれたそうだ。アルデンテという概念をまだ一部のプロとマニアしか知らなかった時代である。

坂ノ下の「久霧（ひさぎり）」は鎌倉にはめずらしいうどんすきの店。さる著名な政治家の別荘だった瀟洒な日本家屋がそのまま店になっていた。手入れの行き届いた中庭をのぞむお座敷で食べるうどんすきは地元の人にも観光客にも評判が良かった。東京からこの空間に来ると、「いかにも鎌倉」という感じがするそうだ。

長谷駅近くの「まつだ」は蕎麦屋。細く切った大根が蕎麦と一緒に出てくる「大根蕎麦」は父の大好物だった。開業してそれほど時間をかけずに人気店になった印象だったけれど、店舗を大仏近くに移転した途端、客層が変わってしまった。私たちもあまり足を運ばなくなり、ほどなくして閉店したと聞いた。まつだの跡地は、隣にあった「ベルグフェルド」が拡張された。

「ジョージ&レイ」があったのは、ラルフ・ローレン・ブティックの上。コースのフランス料理の店だが、最後に高菜のチャーハンが出てきた。非日常の味覚を味わった後、高菜とご飯だけを炒めたシンプルな〆は舌に染みた。フレンチの最後に日本の家庭料理的なものを出すスタイルは今でこそ時々見かけるが、三十年前は画期的だった。あのラルフ・ローレンももうない。今は銀行になっている白亜の建物を見かけると、高菜チャーハンの味が鮮やかによみがえってくる。

WINTER

料理人とバーテンダーのセッションを味わえる

長谷でおいしいジン・トニックを飲んだ。すがすがしくて、酒の甘さも苦さもあって、その両方が溶け合っていて。こんなふうに洋服を着こなしたいなあと思う。レシピをたずねると、ジンはゴードンとno.3ロンドン・ドライ・ジンを使い、それにオレンジビターズを一滴とのこと。no.3ロンドン・ドライ・ジンは、ロンドンのワイン商ベリー・ブラザース・ラッド社が造るプレミアムジンである。銘柄の名前の由来はオフィスの住所で、セントジェームス通り三番地にあるそう。

「波と風」はバーではなく日本料理店だが、腕のいいバーテンダーがいて、いいお酒が揃っている。バーテンダーはショートカットのかっこいい女性で、かつては銀座の名店「モンドバー」で腕をふるっていた。ジン・トニックは彼女がもっとも得意とするカクテルだという。

この店はご夫婦で営まれていて、夫がお料理、妻がサーブと酒を担当されている。夫は割烹「銀座 矢部」の出身。お二人は茅ヶ崎で出会って、知り合ってから、お互い銀座で働いていることがわかったそうだ。開業は2014年11月。できたばかりの頃、矢部の常連に「鎌倉にいいお店ができたよ」と連れて来てもらったのがきっかけだった。店名を聞いた時、サーファーの方が営まれているのかと思ったが、二人の名前から漢字を一つずつとってつけられたのだった。妻が「波瑠奈」さん、夫が柴山「風」さん。風は「ふう」さんと読む。

料理人（特に日本料理）やバーテンダーはまだまだ男性の仕事というイメージである。波瑠奈さんに聞いたら、女性のバーテンダーは全体の二割弱ぐらいとのこと。やっとバーが充実してきた最近の鎌倉でも、私の知る限り女性バーテンダーは彼女だけ。なーんて、女性うんぬんなどと気にならない時代に早くなって欲しい。

コースは先付け、お造り、お椀、焼き物、八寸というオーソドックスな流れに鴨鍋、

〆に蕎麦という内容。蕎麦は十割だそうだが、これが本当においしい。果物を食べているようなフレッシュな味わい、といったらいいだろうか。お腹がいっぱいと思っていても、するすると入ってしまう。ついおかわりをお願いしたこともあった。店の一角に挽き臼があり、店主は毎朝蕎麦の実を挽くという。

冬には、天然のとらふぐの白子が出る。炭火で焼いてあって、外側がぱりっと香ばしくて、内側はねっとり、口に含んだ途端にとろける。ただ焼いただけなのに。やわらかい白子が崩れないよう何本も串を刺し、火加減に心を注ぎ、頃合いを見計らい、それはもうていねいな作業なのだ。

最近よくある前衛的かつ実験的な料理も楽しいけれど、余計なことをしないでおいしいのが最高の贅沢だと実感した。ふぐの白子がおいしい一月、二月だけのメニューである。寒いのは苦手だが、こういうのを口にすると、寒いのも悪くないと思えてくる。

コース主体の店だが、単品オーダーも可能。お酒のあてのメニューも用意されている。だし巻き卵や牛タンの味噌漬け、飲んだ後に食べたくなる牛すじ丼、お食事の後にもう一杯やりたい時にいいミモレットとサンタンドレなんてのもあり。カウンターの他にテーブル席も二つあるので、いろいろな使い方ができる。

今度、一人で食事しに行ってみようと思っている。東京に部屋を借りている頃はしょっちゅう一人でもいろんなお店に行っていたけれど、鎌倉ではなんとなくそれがしにくい。この街のベースには「ご近所づきあい」的な空気があるからかもしれない。でも、ここのカウンターは大人の一人ご飯も似合いそうだ。

こちらのカウンターは銀杏の木。欅よりも傷がつきやすいそうで、年に何度か油で磨く。使われているお箸は横須賀在住の作家によるもので、樺の木製。〆のお蕎麦が食べやすいように、この材質になったとのこと。本質は細部に宿るというけれど、このお箸はまさにそれだ。

こちらにはものすごい隠し球もある。イチローズモルトがずらりと七種類も揃うのだ。ご存じの方も多いだろうが、イチローズモルトを手がけているのは秩父の「ベンチャーウイスキー社」。大手の酒造メーカーではない。その希少性も手伝い、世界中から注目されている銘柄である。波瑠奈さんいわく「こんなにイチローズモルトが揃うのはウチだけです」。エレガントなブレンドのものから、ツンとくる強いタイプのものまでよりどりみどり。バーじゃないのに。

そう、バーではないのだが、こちらでぜひ注文していただきたいカクテルがある。蕎麦湯のウイスキー割りだ。できたての蕎麦湯に「白州」を垂らして飲む。礼儀正しいグリーンの香り、まろやかな感触、これはもう上質なカクテルである。身体にも良さそうだし。

このカクテルに名前はまだない、とのことで、私が勝手につけてみた。「波と風」でいかがだろうか。風さんが挽いた蕎麦の蕎麦湯に波瑠奈さんがウイスキーを加えるという工程をそのまま名前にした。こんなフレッシュな蕎麦湯のカクテルはバーでは飲めない。貴重なメニューである。

料理人は表現者 彼女を見ているとそう思う

先日、都内某所の話題&人気だというレストランに行った。メニューはコース一種類のみ、店指定の時間にいっせいスタートというスタイルだった。毎皿毎皿、どこそこ産のなんとかが凝りに凝ったオリジナルの調理法で供された。なんというか、シェフの実験に参加している気分。何を食べているんだか&おいしいのかそうでないのか、よくわからないまま店を後にした。百に一つ、いや千に一つかもしれないけれど、こういうものの中から次の時代の定番が生まれると思うので、否定はしない。フォアグラのテリーヌだってピータンだって、きっと最初は「何やら訳のわからないもの」だったはず。

でも……。

やっぱり……。

素材をストレートに味わえて、情報や知識でなく、舌と胃袋で納得してしまう、そういうのが本来の醍醐味ではないだろうか。食べるという行為の。

「マンナ」は由比ヶ浜通りから少し奥まった住宅街にあるイタリア料理の店。この間久しぶりに伺ったら、注文したものがすべておいしかった。というより、注文したもの以外も含めてフォカッチャも水もみんなおいしく、心地よい時間だった。

この店のおいしさには一貫性がある。調味料や調理法は食材を引き立てるためにしか存在しないのだ。作り手の野心や自己顕示欲なんて一切ない。ましてや、店や料理がシェフの名前をアピールするための道具では、決してない。言葉にすると当たり前のことだけれど、〝グルメ〟ブームの昨今、当たり前ではないケースをよく見かける。

この日注文したのは、「トマトとモッツァレラのサラダ」「グリル野菜」「鴨のロースト」。例えば、トマトとモッツァレラという、いたって普通のメニューが普通にとにかくおいしい。矛盾したいい方だが最上級の普通、といったらいいだろうか。私はこうしてレストランや料理店についてあれこれと書いているが、本来は「おいしかった。以上」で済むのが食べ手と作り手の粋な距離感だと思う。

シェフは原優子さんという女性だ。イタリア料理では「男っぽい」という褒め言葉をしばしば耳にする。ジェンダーに関する表現は気をつけなければならないが、あえていえば、彼女の料理は、塩とオリーブオイルを思い切りよく使う男っぽさもあれば、ハーブを巧みに使う女性らしさも感じるのだ。

以前は同じく鎌倉で別の名前のレストランで腕をふるっていて、2009年9月にマンナをオープンさせた。ところが、開業1日目に腸閉塞を起こしてしまう。痛みを堪えて最後のお客にエスプレッソを出した後、着の身着のまま病院に駆け込んだ。入院中、原さんを助けようと仲間のシェフたちが店に食材を引き取りにきたら、こんなに質のいい食材ばかり使っているのか、と驚いたそうだ。もちろん、マンナでは、どこそこの何々でございい、などという客への説明はされないけれど。

野菜は主に鎌倉の農協連合販売所。毎朝行くという。「農協のトマト、紀ノ国屋より高いことがありますよね」といったら、原さんいわく「トマトって、お金をかければいくらでもおいしくできちゃうんですよ。それが家庭で必要かどうかは疑問ですけ

ど」とのこと。

おいしいものは大好きだし、こだわりにも敬意を払っているつもりだ。しかし、こだわりが目的になるのは品がないということも忘れたくない。

メニューは白い紙に手書きしたもののコピー。A4サイズの紙にびっしりと並んだ膨大なメニューを見て、あれこれ目移りするのもこの店の楽しみ方だ。開業以来何度も訪れているのに、まだ食べたことのないメニューがある。数えてみたら、ある日は全部で八十二種類だった。マンナは全十六席、シェフは原さん一人。満席だと出てくるペースがどうしても遅くなるけれど、待ち時間も含めてがマンナの味わいである。

デザートも原さんが手がけている。映画『ゴッドファーザー PARTⅢ』にも出てくるシシリアの代表的なデザート「カンノーリ」から小豆のパウンドケーキまで実に多彩。小豆のパウンドケーキがおいしくて、無理をいってワンホールお土産用に焼いてもらったこともあった。原さんのデザートは甘過ぎず、素材を楽しめるので大好き。デザートでもやっぱり素材、食材の大切さを実感する。

都内から打ち合わせに来た編集者を連れていったこともあるし、友人や家族で伺うことも多いが、一人でオープンキッチンのカウンターに座ったりもする。彼女がこだわったカウンターなのかと思いきや、内装を手がけた建築家が、自分がカウンターで飲んだり食べたりしたくて作ったんだとか。隣もたまたま一人でいらしていた他店のシェフで、その場で予約をお願いしたこともあった。場合によってはルール違反だけれど、店の雰囲気が許してくれていると勝手に思っている。

シンプルで明るくて、そこにモードなエッセンスが一滴だけ垂らされた空間も含めて、ありそうでなかなかない店、それがマンナなのだ。

鎌倉で一番ドレッシーな空間

久しぶりに「ミッシェル ナカジマ」に行ったのは、ある秋の雨の夜。客は私たちだけだった。鎌倉には不利な連休明けと平日の夜、そしてひどい雨という条件が揃ってしまったとはいえ、いつもはたいてい満席だからちょっと驚いた。鎌倉でフランス料理といえば、真っ先に名前があがる店である。私たちのためだけに何人もの従業員が動く。正直なところ、少し気が重くなった。ワインをボトルで開けるつもりもないのに。

席に着いてみると、白で統一された空間がよく見渡せた。壁も椅子もテーブルクロスもクッションも、それぞれが少しずつ違うニュアンスを含んだ白、もしくは生成り色。他に誰もいなかったからこそ、白のグラデーションを楽しめた。

中央のテーブルには大きなフラワーベースがあって、柔らかに伸びた緑の葉がたっぷりと飾られていた。スパティフィラムという室内用の植物だそうで、夏になったら白い花が咲く。

白い空間に緑が映え、シンガポールのラッフルズを思い出した。サマセット・モームが「東洋の神秘」と評し、長く滞在したことでも知られるコロニアル調の代表的なホテルだ。カクテル「シンガポール・スリング」発祥の地でもある。

グラスのシャンパーニュと生ハムが巻かれたグリッシーニでその夜が始まった。

一皿目が「フォアグラと酒粕、安南芋」。次が「帆立貝、下仁田ネギ、紫白菜」。冬野菜でこれからの寒い季節を先取りしている。

三皿目の皿は透明で、そこに深みのあるピンク色のソースが敷かれ、銀色の鱈、緑のクレソンが乗せられていた。白い空間はこの色合わせを際立たせるためかと思える。それぐらい鮮やかだった。

ソムリエに白ワインを選んでもらう。ソムリエもマダムも会話や物腰に余裕と落ち着きがあって、店に入った時の気の重さはいつの間にか消え去り、私たちはすっかり

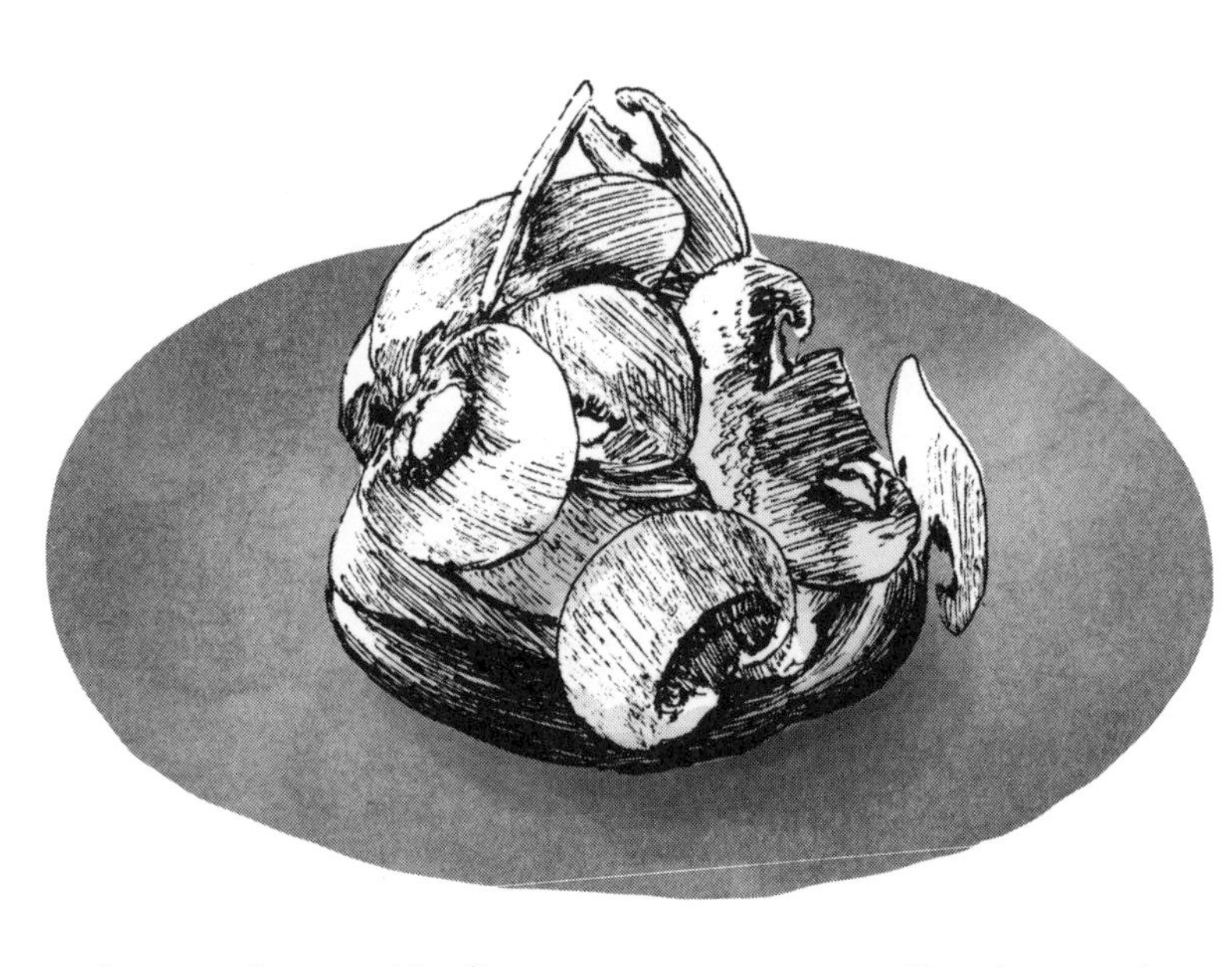

くつろいでいた。

ダイニングに入って正面の奥には大きなガラス窓がある。暗闇にこちら側が映っているのだけれど、時折通る車のライトで瞬間的にライトアップされる。広がる森とゆるやかな坂がちらりと映し出され、モノクロのヨーロッパ映画を思い出した。ヒッチコックとかルイ・マルとか。近隣住民の反対でライトは設置できないそうだが、暗闇も悪くない。

ランチに来た時は窓が額縁となって、緑と坂の景色が絵画のようだった。昼と夜でまったく違う表情が楽しめる。

メインの魚は「甘鯛のソテー」。香ばしさがみごとである。

肉はエゾ鹿だった。グラスにはまだ白ワインが少し残っていたけれど、鹿に合わせて赤ワインを注文した。エゾ鹿はビーツやラズベリー、カカオで仕上げられていて、森をそのまま食べているよう。

デザートの「栗のパイ包み」は、秋を丸ごと閉じ込めた味わいだった。

フランス料理の技術の重みを改めて思った。私は、おいしい料理に出会うと、いきつけの店では失礼を承知でレシピやヒントを質問してしまう。そのままは無理でも、似たようなものを自分で再現してみたくなるのだが、この店ではそんな気にもならないほど別世界だった。

食欲を満たすために「食らう」のも楽しいけれど、料理人の技術、そして経験とセンスを堪能することもレストランの醍醐味だ。舞台を鑑賞するような、もしくはコンサートを体験するような、と言ったらいいだろうか。私たちは料理人の「作品」を味わうために足を運ぶ。

鎌倉では気軽で率直なイタリア料理やビストロが人気で、正統派のフレンチ・レストランはとても少ない。ミッシェル ナカジマは貴重な一軒である。

この夜の緊張感はとても心地よいものだった。

勝手に応援しています 女性の料理人たち

鎌倉には女性の料理人が腕をふるう店が何軒かある。

由比ヶ浜通りの「おおはま」は人気の居酒屋。阿佐ヶ谷の人気店が鎌倉に移転してきたので、東京からの古い常連もいる。女性の店主が一人で注文を取り、料理をして、酒を供する。品書きの品目は百品近い。遅い時間に手伝いの人が入る夜もあるけれど、基本的に彼女が一人で仕切っている。頭にはバンダナ、「SAKEKURE」と書かれたTシャツがトレードマークだ。狭いカウンターの中でてきぱき動き回る様子は見ていて気持ちがいい。

別のページで取り上げた由比ヶ浜のイタリアン「マンナ」もオーナー兼料理人は女

性だ。

長谷の「空花」の料理人は名店「元麻布 かんだ」出身だ。まだまだ男性の仕事というイメージの料理人、それも日本料理で女性が活躍しているのは嬉しい。それだけでも足を運びたくなってしまうが、2020年6月でいったん虎ノ門に移転してしまうそう。茶室をイメージして作られた個室は居心地が良く、海外からの友人をもてなす時にぴったりだったから、残念である。またいつの日か鎌倉に戻ってきて欲しい。野暮だとしても、微力だとしても、私は女性の料理人を応援したい。


「ファム デ バトー アオキ」は小町通り沿いの路地にある。店名はフランス語で「青木の船」との意味だ。バトー アオキの青木園子さんは、料理だけではなく、自ら漁に出て食材を手に入れてくるのだ。

友達からこのエピソードを聞いた時、かっこいい！と思った。そして、日に焼けてすっぴんでちょっとガタイのいい肝っ玉母ちゃん的女性をイメージした。小説を書くという仕事をしているのに、なんと類型的な発想だろうか。

実際の園子さんは、グレイヘアをふんわりと後ろでまとめ、しっかりメイクをしたフェミニンな人だった。私の安易な推測であっていたのは日に焼けていることぐらい。漁に出る女性がすっぴんだろうなんて、時代遅れのおじさんみたいな考えだった。反省。

園子さんはうっすら日に焼けた肌が映える白いTシャツがよく似合う、スタイルのある人だった。そのスタイルもところどころに魚があしらわれた店内も、海を連想させる。湘南学園のご出身とのこと。

手書きのメニューには日付の下に、魚が取れた船の名前が書かれている。園子さんの船は小坪のかず丸だそう。小坪港は逗子マリーナ近くの小さな漁港で市場もついている。私も逗子マリーナに部屋を借りていた時は、ここの魚市場によく買い出しに行った。

メニューは和洋中、そして韓、おいしければなんでもあり。魚介類が充実していて、刺身がオススメなのはいわずもがな。一年を通して定番のシラスと生姜の餃子は思った以上に生姜がたっぷり入っていて印象的だった。夏なら鱧とイチジクの揚げ出しとか、冬なら海老と白子の揚げ春巻なんていうのもある。アイデアがおもしろい。園子さんの手料理を味わいに、友達の家に遊びに来たような気分でくつろげる。私は酒と

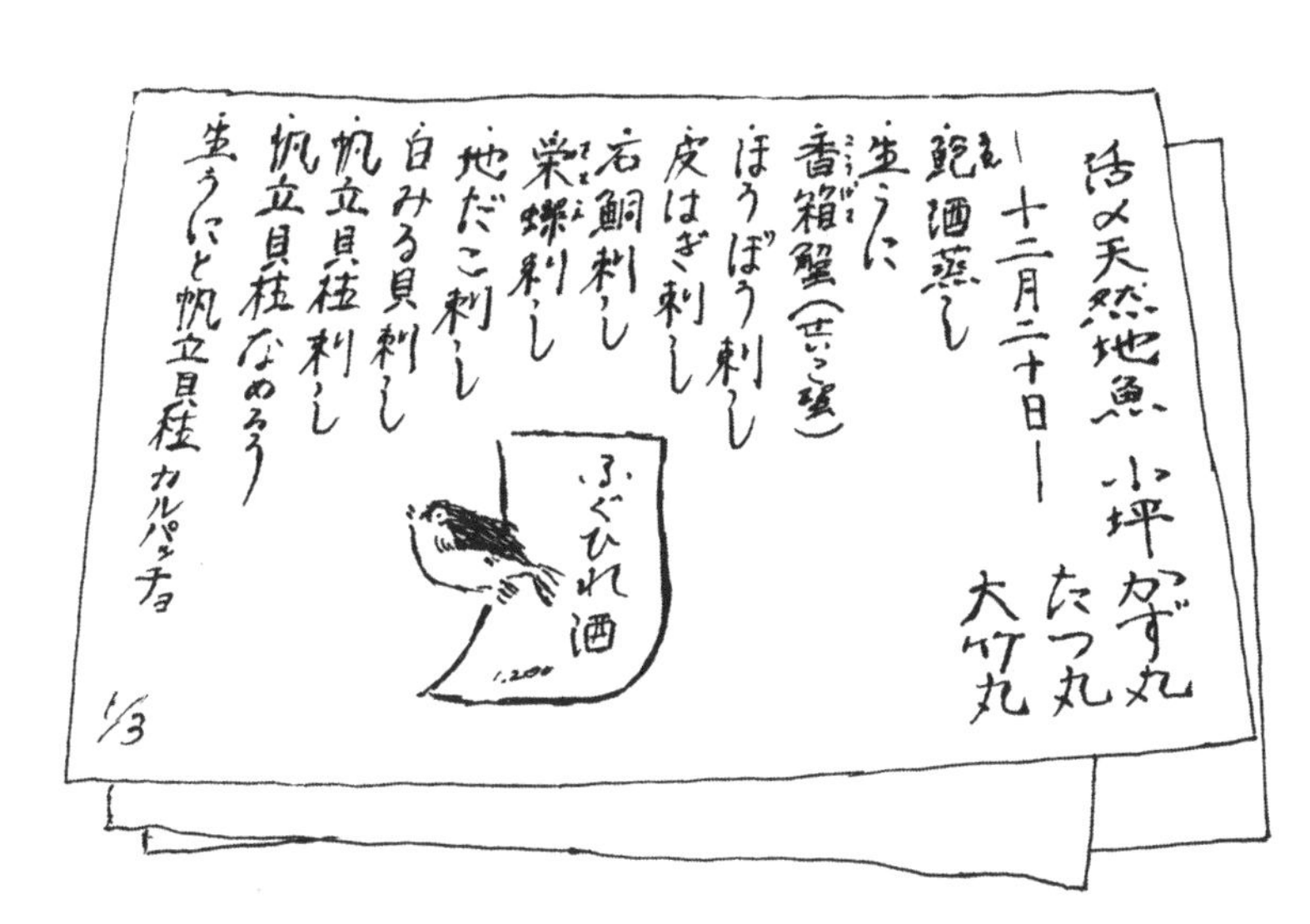

同じくらい料理が目当てなのだけれど、最初に予約の電話を入れた時はこういわれた。
「うち、料理屋じゃなくって飲み屋ですよ。いいですか？」
肉料理だってあるし、野菜のメニューも豊富。酒はビールや日本酒から焼酎、ウイスキー、ワインと揃っている。何人かの友人たちと食事をするとして、食べたいものや飲みたい酒が合わない日でもバトー アオキなら誰かが譲歩する必要もない。
ここに来ると、女性の料理人のお店だから云々、というのは野暮かもしれないと思うのだけれど、それでもやっぱり応援し続けたい。

かつての鎌倉文士に想いを馳せながら

私が子供の頃の鎌倉は今のようににぎやかな観光地ではなかった。もっとひっそりとした街で、飲食店も少なかった。

かつてはそんな風土を気に入って、文筆業や画家など多くの文化人が越してきた。彼らは「鎌倉文士」といわれ、蕎麦屋や寿司屋、飲み屋などのいきつけの決まった店があった。残念ながら今ではほとんどは店仕舞いをしてしまったが、昭和三十三年創業の「ひろみ」はその名残がある天ぷら屋さんだ。今の店主は二代目である。

小町通り入ってすぐのビルの二階。まだこの通りが地元の人の商店街だった頃に開業した。小町通り内で二度移転をして、この場所に落ち着いた。

今では観光客相手のお土産屋さんがひしめくエリアだ。一年を通して人でごった返していて、晴れた日には平日でもまっすぐ歩くのが大変なぐらいである。さまざまな種類の飲食店ができては消えていく中、ラーメンの「ひら乃」や喫茶店の「イワタコーヒー」、そしてひろみは昔と変わらずに小町通りの入り口で営業している。

品書きには「小林丼」「小津丼」とある。常連だった文化人のお気に入りを品書きに残してあるのだ。

小林丼とは文芸評論家の小林秀雄が昼時に好んで食べたもの。タネはかき揚げ、穴子、メゴチと、野菜が一切入っていないのが特徴だ。メゴチは近年漁獲量が減ってしまい、取れない時は白身の魚で代用される。亡くなった私の父は小林秀雄の読者で、ひろみに来ると「あの人は野菜の天ぷらを食べなかったんだよなあ」とおもしろがって注文した。結局、私や母の丼の椎茸やシシトウの天ぷらを「ちょっと分けてよ」ということがしょっちゅうだった。

ちなみに私は小林秀雄の本を完読できたことはなく、でもモーツアルトの交響曲四十番を評した「疾走する悲しみ」という印象的なフレーズだけは記憶に残った。ひ

ろみで品書きを見る度になぜかこのフレーズが頭に浮かんでしまう。

小津丼は映画監督の小津安二郎にちなんでいる。こちらのタネはかき揚げ、車海老、白身魚、野菜。小津監督は一人で来ると天つゆのかかったタネを肴に熱燗を飲み続け、最後につゆの染みたご飯で〆たそうだ。熱燗は火傷しそうなぐらいなのが好みだったという。

こんなエピソードを二代目の女将から聞きながら、食べるのが楽しい。言葉や映画でしか知らない人たちの生活を垣間見た気がする。いきつけの店とはただ単に行く回数が多いのではなく、その人の生活の一部になっている店のことなのだなあと思う。

小林丼も小津丼も３８７０円。安くはないけれど、せっかくひろみに足を運んだら「小林」もしくは「小津」の丼を体験してみるのはいかがだろうか。なんの素材がタネでだから値段がいくら、みたいなコスパ感覚から解放されて物語を味わうのである。平ための丼に天ぷらが低く並べられていて、なんでもかんでも高く盛って「映え」することばかりを主張するものとは一線を画しているのもいい。

ひろみはタネを胡麻油で揚げ、天つゆに浸す江戸前（ちなみにサラダ油で揚げて、塩で食べるのが関西風だそう）。天つゆはあっさり目で、それを引き立てるのが赤だしだ。きゅっと引き締まった味である。

ここに来て私が頼まずにはいられない品書きは「ズワイ蟹と生ウニの磯辺揚げ」である。雲丹と蟹が海苔で巻かれて、香ばしく揚げてある。雲丹好きの私は必ず、これ。海苔も蟹もちゃんとウニの引き立て役になっている。パリッとした海苔で雲丹のとろみが守られているのだ。熱々のうちに口にして、悶えながら食べるのが好きだ。

こうした天ぷらに冷えたビールもいいけれど、最近は小津監督の真似をして熱々の熱燗を合わせたいと思うようになった。

「穴子の骨せんべい」や「海老のはかま揚げ」も、つい頼んでしまう品書き。揚げ物の魅力である香ばしさが存分に味わえる。

ひろみにはカウンターとテーブル席の他、八人まで入れる個室もある。うちでも御墓参りの帰りに親戚との小さな会合をしたこともあった。穴子の天ぷらを食べると、小林丼のことを楽しそうに話す父の様子を思い出す。

店内の壁には常連の作品がいくつか飾られている。四元義隆（よつもとよしたか）の書や手島右卿（てしまゆうけい）の水墨画などだ。傳益瑤（フーイーヤオ）の墨絵は店のために描かれたもので、中央に描かれている女性は女将がモデルである。それを眺めながら、天ぷらが揚がるのを待つ。待ち時間が楽しいのは、私なりの「いい店」のゆずれない条件だ。

先日、行った時はカウンターとテーブル席の仕切りの棚には、花器の隣にかぼちゃが飾ってあった。聞けば、三代目が畑仕事を始めたという。

小町通りがどんなに人であふれようとも、ここには違う時間が流れている。

ここには鎌倉の夜の歴史が染み込んでいる

「バー」とは、どういう空間を指すのだろうか。

なんてことを考えるようになったのは、由比ヶ浜通りにある「THE BANK（ザ・バンク）」に行き始めた頃である。東京では特に意識はせずにあちこちのバーと呼ばれる店に出入りしていたのだけれど、バーの少ない鎌倉にこの店があったせいか、そんな疑問を抱いた。夕飯の後、夜の余韻を楽しむためだけに店を変えるという東京では当たり前にしていた行為が、鎌倉では新鮮で貴重なものに思われた。今から十数年前のことだ。

単に酒が飲めるところをバーと呼ぶのではない。どういう銘柄の酒を置いているとかカクテルが何種類以上飲めるとか一枚板のカウンターだからとか、そういうことではない。外側の条件で限定するものではないのである。幾度となくこの店のカウンターに座って、オーナーもしくはバーテンダーの理想のイメージを味わいにいく場所、それがバーだという私なりの結論にたどり着いた。酒もつまみも灰皿もグラスもインテリアもバーテンダーの所作も、そこにあるすべてはイメージを伝えるためにある。私たち客は空間と時間を使ってそれを味わいにいく。

THE BANKは昭和二年に鎌倉銀行の由比ヶ浜出張所として建てられた小さなビルである。由比ヶ浜通りといくつかの通りが交わる交差点の一角に位置している。この古いビルがそのまま残っていることは、地元の人間として誇らしい。

私が子供の頃は小児科医院だった。その後、古着の店になったりして気がつくとバーになっていた。開業はほんの十九年前なのだが、時々、私が生まれる前からTHE BANKはあって、亡くなった父もここでグラスを傾けていたんじゃないかという気がしてしまう。

このバーは「もしここが竣工当時から銀行ではなくバーだったら?」という発想か

ら生まれたそうだが、そんなことを考えたくなるような建物なのだ。

2000年にこのバーをオープンさせたのは、キリンラガーのラベルなどで知られるアート・ディレクターであり、骨董の目利きとしても知られていた故・渡邊かをるさん。

銀行だった頃は貨幣が行き来をしていた大理石のカウンターはそのままに、奥にはもう一つの湾曲した木製のカウンターがあってバーテンダーが立つのはその中だ。初めてここを訪れた時、バーのカウンターは直線で成り立っているものという自分のありきたりな思い込みにちょっと落ち込んだ。

エントランスの床も当時のまま残されていて、見事な人研ぎである。人研ぎはセメントに小さな石を混ぜて固まったら表面を削るという手法で、昭和の前半によく見られたもの。今ではできる左官屋も少なくなっているそうだ。クラシックなコートラック、椅子やテーブル、アール・デコ調のシャンデリアなど、空間を構成するものすべてが過去に息を吹き込むように、ここにあった。

中でも私が大好きだったのは、大理石のカウンターの壁側に置いてあった大きなゴードン・ジンの古いボトル。1920年代の販促用のものだと聞いた。ラベルのと

ころどころがほんの少し色褪せた大きなボトルは、このバーの番人のように思えた。

開業当時はバーテンダーが入るカウンターの奥に厨房があって、本格的なフードメニューが供されていた。なかでも、蒸し暑い夏の夜に頼んだゴーヤチップスの味が忘れられない。薄くスライスしたゴーヤの香ばしさと程よい苦さ、それらを引き立てる黒胡椒。ほんの一、二杯のつもりだったけれど、ゴーヤチップスをお代わりして、けっこうな長居をしてしまった。自分でもゴーヤを買って揚げてみるのだけれど、同じように仕上がったことはない。もしかしたら、店の雰囲気が決め手のスパイスだったのかもしれない。

店内には窓の外とは違う時空があって、抑制された空気が漂っていて、店を出れば潮の香りがして、ドレッシーでもカジュアルでもない。東京にもニューヨークにもパリにもこんなバーはないいんじゃないかと思う。

THE BANKの内装及びインテリアを手がけたのがワンダーウォールの片山正通さんだと知ったのは通い始めてずいぶん経った頃だ。意外だった。片山さんといったら、未来に向かったモダンな空間を作り出すインテリアデザイナーというイメージが強かったから。「竣工当時から、バーだったら」というアイデアも片山さんによるものだそう。

ワンダーウォールを立ち上げて初めての仕事が、この件で、かをるさんからはこう発注を受けたという。

「イタリアのバールとアイリッシュ・パブとあの頃の日本の感じな！」

たった9坪の空間に。


かをるさんの訃報を聞いたのは、坂ノ下にある日本料理屋にいた時だ。一緒にいたフード・ライターの小石原はるかさんの携帯電話に悲しい知らせが入った。食事の後、ここに献杯に行った。私はアイラ島のウイスキーをトワイスアップ、はるかさんはウォッカソーダだった。２０１５年3月27日のこと。

それから二ヶ月後、主を失ったＴＨＥ ＢＡＮＫは閉店してしまった。最後の夜、この光景を目に焼き付けておこうと足を運んだが、あまり酔えなかった。馴染みの店がなくなるさびしさは何度経験しても慣れないものだ。

それから、地元の人間はもちろん、東京からここに通っていた人々はざわついた。

―バンクはどうなるんだろう。
―あの建物、まさか取り壊されちゃったりしないよね。
―有志でお金を出しあって再開できないかな。

私も友人知人でこのバーを経営できそうな人はいないだろうかとない知恵を絞ったりもした。みんながあまりにバーの心配ばかりするので、故人に対して失礼なのではないかという人もいるぐらいだった。

空間を手掛けた片山さんは、かをるさんが亡くなった後は大きな悲しみに包まれ、しばらくはＴＨＥ ＢＡＮＫのことなど思い出す余裕もなかったそうだ。しばらくたってから、ふとどうなっているのだろうと気になり、後を引き継ぐことを決意した（エラそうで申し訳ないけれど、新しいオーナーとして最も収まりのいい方だ）。故人のお兄様に問い合わせ、物件のオーナーと面会して説得し、使われていなかった店内を修復し、２０１６年10月に再開させた。この一報を耳にした時、私は安堵のあまりその場で座り込んでしまった。単なる客なのに。やっぱり鎌倉の夜にはＴＨＥ ＢＡＮＫがなくてはね。

店は空っぽになっていたけれど、主だった家具は隣の「そうすけ」という古家具&

古道具屋が「いつか志を持った方が現れた時のために」と、保存してくれていたという。この店の化粧室はそうすけに食い込む形で設置されている。

新しいTHE BANKは、かつてとは違い、どこか軽やかな風をまとっているような雰囲気である。かをるさんのTHE BANKが「スティック」なら、新生THE BANKは「解放」というイメージだ。バーだって生きている。引き継ぐところは引き継ぎ、でも、それには縛られずにいることが再生なのだと思う。ゴードンのボトルが無いのは残念だけれど、その欠けていることも含めてが新しいTHE BANKである。

再開の案内の葉書の文面にはこんな追伸が添えられていた。

—かをるさんが愛してやまなかった葉巻。その煙でベージュ色に染まった壁はそのままです。

ベージュ色の壁にはかをるさんの小さなモノクロ写真が飾られている。

〆

百回近く通っています
進化し続ける日本料理

手元には「田茂戸」のお品書きが九十枚以上ある。

この店では月ごとに変わるコースの内容が記された品書きが一人に一枚、用意されている。それをほとんど取ってあるのだ。一番古いものは「平成二十三年　文月」。それからほぼ毎月、こちらに通っている。数えてみたら、百回近くここで食事をしていることになる。家族で長きに亘り、よく行ったレストランは何軒かあるけれど、さすがに百回行った店はほとんどない。

若い頃は何でもかんでも新しいものばかり追いかけ、ニューオープンの初日に駆けつけなければ気が済まなかった私だが、ここに通うことで定点観測のおもしろさを知った。田中基哉さんという料理人が脱皮するように変わっていく様をライブで楽しませてもらっている。

通い始めた頃は毎回、出汁のすごさに感嘆した。お椀はもちろんのこと、焚き合わせや餡掛けの餡など、コースの各所それぞれにさまざまな出汁がしっかりと効いている。出汁ってこんなに色々な味があるものなのかと思った。

田茂戸はいわゆるストイックに正統派を貫く懐石料理とは違う。前菜、お椀、お造り、揚げ物か焼物（夏は冷やし鉢）、蒸し物に強肴、ご飯という枠の中で、田中さんならではの解釈の日本料理を楽しむ店だ。もちろん創作和食なんていう怪しさはなくて、本来の日本料理を自由に発展させたものといったらいいだろうか。シロウトの考えだけれど、だからこそ出汁が印象的なのかもしれない。

ここは斬新な発想の宝庫。魚にコチジャンと味噌を和えたソースが添えてあったり、冷やし野菜に和風アメリケーヌソースがかかっていたり、西京味噌に漬けられたチーズが焼かれていたり。保守的な私はこう来るか！と驚くことも多く、それが楽しくもあった。私が毎月いそいそと出かけていくので、母が付いて来たがった。「私の友達もみーんな行きたがるんだからね」と恩着せがましく伝えた上で、一緒に行くようになった。何回目かの時、前菜にたこ焼きに見立てたものがあった。それを見て母は味わう前に否定的なことをいった。東京からいらした大御所の料理研究家が同席されていたので、母なりにその方の反応を心配したようだ。

確かにかなり個性的で実験的な一品だったけれど、私はそうしたチャレンジも含めて田茂戸の個性だと思っている。残念ながら、その個性を楽しめない人とはここに来られない。このことがきっかけで私は母を誘わなくなった。

それからも時々、母の世代の母のような人（日本料理に自分なりにイメージがある）なら驚きそうな攻めたものが供されることもあったけれど、それが次第に実験的という感じがしなくなった。こなれて来た、と私ごときがいうのは偉そうだけれど、本当にそうなのだ。

ある時、帰り道のタクシーで友人がいった。

「今日の田茂戸、今までで一番おいしかった。おいしいだけじゃなくて、なんていうか…、流れが良かった！」

私は笑いながら返した。

「この間来た時も同じこといってたよ」

「そうだったね。でも、本当に来る度にそう感じるんだもん」

私も同感だった。流れがすばらしい。田中さんは料理人として「ゾーン」に入ったのではないだろうか。アスリートに限らず、創造的な仕事をする人には必ずこのゾーンという段階があるはずだ。

翌月、数年ぶりに母に声をかけた。

母はただただ感嘆していた。

「前はがんばって新しいことしようとしている印象だったけれど、今日は自然だったわ。自然で新鮮」

それからは毎回、必ず私たち友人の会食に付いてくるようになった。行かなかった数年を後悔しているみたいで、私も意地悪だったかなあと反省した。

百回近く来ているのに（書いていて自分でびっくり！）、行く前は必ず今日はどんなお料理が出てくるのだろうとわくわくする。毎月変わる献立は基本的に「新作」で

ある。以前味わった一品だとしても、どこかしらヴァージョンアップして登場する。毎回、驚きがあるのだ。

夏には、流行りのタピオカがお饅頭になって、お椀で出て来た。くり抜いたトマトの中にモッツァレラチーズが入ったお椀もあった。叩いた蕪を酢飯の代わりに使った真鯛の寿司や、大根の桂剥きの麺も忘れられない。

ある時は、牡蠣の揚げ物のお皿と一緒に小さなコップが供された。大根と蜂蜜が入ったソーダ水だった。品書きに「大根ソーダ」とあったけれど、まさか本当にソーダ水とは驚いた。大根の辛みと炭酸の泡で揚げ物をさっぱりと味わえる。うちに友達が集まって野草の天ぷらパーティをする時、これを真似てみようと思う。

手元の品書きを見返すところどころボールペンで書き込みがある。うちでも試してみたいアイデアのメモだ。わからないことがあると私はあつかましく質問する。田中さんは惜しげもなく種明かしをしてくれるので、それも書き込んである。うちの食卓で披露する時は、「田茂戸で教えてもらったの」といって箔をつけるのが私のやり方だ。

坂ノ下にいい日本料理の店ができたらしい。そんな噂を耳にして通い始めた。意外かもしれないが、田茂戸が開業し始めた頃、まだ鎌倉界隈には懐石のスタイルで料理を出すお店は少なかった。

田茂戸はあっという間に「予約が取れない店」となった。

最初のうちは決められた予約日にまとめて店頭で予約を受け付けていた。朝九時に受付開始だったが、朝八時にはもう行列ができていた。朝に弱い私は眠い目をこすりながら（というか半分寝ながら）、順番を待った。会社の半休を取り、埼玉から始発で予約に来る勇者もいたらしい。店があるのは海からも江ノ電の長谷駅からも歩いて三分くらいの少し奥まった場所。隣は魚屋さんだけれど、ほぼ住宅街である。住んでいる人には早朝の行列は異様に見えただろう。ほどなくして電話予約に切り替わった。開業したての頃はなかなか客が入らなくて江ノ電の走る音ばかり聞いていたと田中さんは笑う。今はまったく聞こえないそうだ。

手元の品書きが二百枚になる頃、どんな料理が出てくるか、今から楽しみにしている。

おわりに

長らく鎌倉は夜に賑わう街ではありませんでした。

昼にはたくさんの観光客で賑わっていた通りも、夜になると人もまばら。何しろ界隈にホテルや旅館が少ないから。そういう落差もこの街らしさと思っていました。

しかし、最近、ぐっと表情が変わりつつあります。ホテルや宿泊施設の開業が相次いでいるのです。そのタイプもさまざま。いわゆるシティホテルだけではなく、日本家屋を改造したものだったり、ヨガスタジオが併設されたドミトリータイプだったり。

逗子マリーナにできたのは、全室スイートルーム&オーシャン・ヴューの「マリブホテル」。部屋数はわずか十室という贅沢な空間です。こういうのを待っていました、私。逗子マリーナは私の家から車で十五分ほど。宿泊する機会はそう多くはないでしょうけれど、いいホテルがあることは成熟した都市の条件です。

子供の頃のピアノの発表会は逗子マリーナ本館だったし、仕事部屋を都心からこちらに移した時期もありました。何より、ずっと慣れ親しんだ施設にいい大人になった今でもわくわくできるのが嬉しい。

宿泊施設の増加とともに、もともと幅広かった飲食店のジャンルがさらに多様になったように感じます。価格帯も含めてね。角度のついた個性の店がよく話題に上がります。

海沿いらしいカジュアルさと古い街らしいクラシックさだけではなく、新しい表情が加わって、昔とは違う「鎌倉」が形成されているのです。

本にするにあたって、お店のセレクトにはおおいに悩みました。いや、今でも、やっぱりあの店も入れておけば良かったとか、結局あの店のことを書いていないとか後悔ばかりです。なるべくいろいろなジャンルで、新しいところと古いところも取り上げて、と自分なりにバランスを取ろうとはしてみたのですが、なかなかむずかしい。そして、こうやってあとがきを書いているというのに、魅力的なニューオープンの情報が入ってくるのです。これは続編を書かなくちゃ！

ヒトサラ・マガジン連載時にお世話になりました山路美佐さん、

一冊にまとめてくださった集英社の志沢直子さん、ありがとうございました。そして私の食いしん坊に付き合ってくれる友人の皆さん、いつもありがとう。

2020年2月。海のそばにて

甘糟りり子

甘糟りり子

AMAKASU
RIRIKO

作家。1964年横浜生まれ。3歳から鎌倉在住。都市に生きる男女と彼らを取り巻く文化をリアルに写した小説やコラムに定評がある。近著の『産む、産まない、産めない』(講談社)は版を重ねるほどに話題に。そのほか『産まなくても、産めなくても』(講談社)など現代の女性が直面する岐路についての本や、食に関する『東京のレストラン―目的別逆引き事典』(光文社)、鎌倉暮らしや家族のことを綴ったエッセイ『鎌倉の家』(河出書房新社)など、著書多数。

＊本書はウェブサイト「ヒトサラマガジン」（https://magazine.hitosara.com/）に２０１７年12月～２０１９年12月、集英社ウェブサイト「よみタイ」（https://yomitai.jp/）に２０１９年３月～12月まで連載されていたものに加筆修正し、書き下ろしを加え、再編集したものです。
また、本書に記載されている情報はすべて２０２０年２月現在のものです。

鎌倉(かまくら)だから、おいしい。

2020年4月8日　第1刷発行
2024年6月17日　第2刷発行

著者　甘糟(あまかす)りり子(こ)
発行者　樋口尚也
発行所　株式会社 集英社
〒101-8050 東京都千代田区一ツ橋2-5-10
電話　編集部 03-3230-6143
読者係 03-3230-6080
販売部 03-3230-6393（書店専用）
印刷所　中央精版印刷株式会社
製本所　加藤製本株式会社

ISBN978-4-08-788037-3 C0095